ギャルとおっ

おかざき 登

with stories

若《わか》井《い》光莉《ひかり》
18歳の現役高校生
読者モデルであり
その華やかな容姿と明るい性格に多くの人が惹《ひ》きつけられた
これは彼女がイッツイハウジングに入社する少し前の話である

ファミリーレスト
いらっしゃいませ~
ってあんたらか~
やっほー☆また来たよ~
ご注文はいつものホットケーキとドリンクバー?
ピ
うんおけ~
ね~光莉バイト終わんの何時?
遊び行こ~よ~
ごめーん掛け持ちしてんだよね

マジ？なんでそんなにバイトしてんの？
読モもやってんじゃん
うちシンママなんだよね
口には出さないけどお母さん大変そうだからさ
光莉めっちゃえらくね!?
だからもっとお店にきてね☆
この商売上手め～
…
お母さんは幸せになんないとダメなんだ

ギャンブルにのめり込んで出て行った
父親《あいつ》に振り回された分……
せめてあたしも少しでも力にならないと
お客様困ります…！

そう何度も作り直すとなりますと…
だって虫入ってるのよ!?
ここは虫の入った料理を食べさせるの!?
しかしもうすでに二回も…
二回も入ってたんだよ!
ねぇちょっと頼みごといい?
この店やばくない?
自分たちのミスくらい認めなさいよ
も…申し訳…

お客さま～
あ？
あちらのお客さまが全部撮影してたそうなんですけどぉ
は!?
ホントに虫が入ってたかどうか映像を確認してもらえますか？
ななに勝手に撮ってんだよ！
いえ動かぬ証拠があった方がお客さまもいいかなと思いまして
さすがに二回も同じことが起こるなんて不自然ですし？

だったら
動かぬ証拠を確認して事実を突き止めた方が早いじゃないですか
問題ないですよね？
今撮ったばかりで加工もできない映像ですから
場合によってはお客さまたちが証拠として警察に提出できるよう手配しますので
ありがとうございましたー！

若井さん ありがとう…！
ううん ああいうの あたしも 嫌いだから
あ 二人とも ありがとね～
いつでも味方するよ～
うーん
どうしよっかな～
就職かぁー
求人サイト
コネクト
条件から探す
わはは…

パパそれほんとー？
ほんとだってー
ハハハッ
いいなぁ…
ああいう家にうちもなれれば…
家…か
イツイハウジング
仕事内容・応募資格を見る
いいね
リーレストラン
ゼスト

あれ？
イツイハウジン
忘れ物かなぁ
どうします？
イツイハウジング…近いな
若井さん
早めに上がっていいからこれ届けてくれる？
別にいーですけど

バイト早く終わった～
ラッキ～♪
あ
ここかぁ
ありがとうございました！

あ
人の良さそうなおっさんだ…
この人でいっか
あのーこれうちの店に…
確かに弊社の資料です
うちの者がご迷惑をおかけして…しかもご足労いただいてありがとうございます…！
あついでなんでー

いえ！
うちは個人情報も
扱いますので
流出騒ぎになったら
大事でした…
そうですよねー
本当に…
ありがとう
ございました！
いえ
ホントに気に
しないで
募集
っていうか
女子高生相手に
腰ひっくいな～
正社員募集！

正社員
この会社新入社員を募集してるんですか？
ええそうなんです
あたし
実は就活中で
えっ失礼ですが高校生ですよね？
はい早く働きたいんで
大学とかあんま興味ないし

なるほど
いえ…もちろん
しっかり進路を
決められるのは
素晴らしいことです
これも何かの
ご縁ですし
資料はご自由に
お持ち頂けますので
もし
よろしければ
ご検討ください
ひとびとに
いい家、いい環境を
会社概要
イツイハウジング

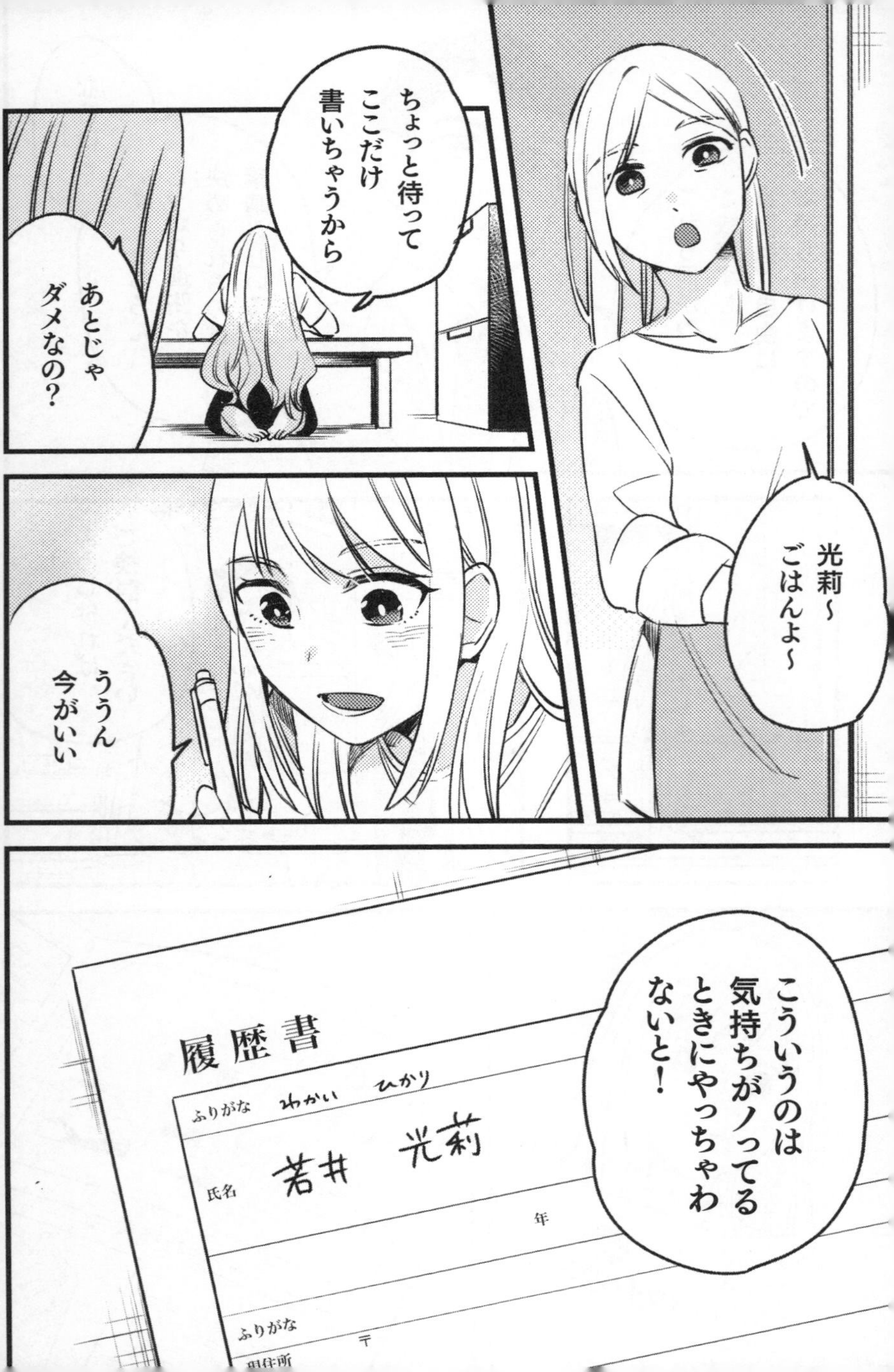

光莉～ ごはんよ～
ちょっと待って ここだけ 書いちゃうから
あとじゃ ダメなの？
ううん 今がいい
こういうのは 気持ちがノってる ときにやっちゃわ ないと！
履歴書
ふりがな わかい ひかり
氏名 若井 光莉
年
ふりがな
〒

カバーイラストレーション　はまふぐ
コミック制作　あららぎ菜名

ギャルとおっさん

目次

プロローグ

「ここに若井光莉《わかいひかり》君という新人は――」

言いながら小さな会議室のドアを開けて、押江孝彦《おしえたかひこ》は言葉を失った。

中にいたのは、一人の女性社員。

長い髪は明るい栗色で、軽くウェーブがかかっている。

耳元には花を模した大きなピアス。

スマートフォンをいじくる指先は、ピアス同様に立体的な花をあしらったネイルアートで彩られていた。

二〇歳になるかならないかという若さだろうが、メイクはかなり濃い。特に睫毛《まつげ》は、少女マンガから出てきたのではないかと思うほどに長かった。

一応スーツに身を包んではいるが、派手すぎる。およそ仕事場に相応しい恰好とは思えなかった。

というか、ギャルだ。

それが、孝彦が抱いた第一印象だった。

その彼女が孝彦に気づき、物憂げに視線をスマートフォンから上げる。

そして、真っ赤なルージュが引かれた唇が動く。

「おっさんが次の教育係？　とりま、よろー」

ここは本当に職場か？

そんな疑念とともに、どうやら我が身に絶望的な厄介ごとが降りかかってきたらしいぞ、という目眩《めまい》にも似たやるせなさが孝彦の心を塗りつぶしていった。

＊

孝彦が職場でギャルと衝撃的な出会いをしてしまう三〇分ほど前のことである。

社長から直々に呼び出されて、孝彦は社長室へと向かっていた。

よく爺さんくさいと言われる孝彦だが、まだまだアラウンド・フィフティである。

その歳になっても一介の営業職であり、この会社、イツイハウジングの社長とは気軽に声を掛け合う仲であった。一緒に飲みに行くこともあるし、家に招かれることもある。

そもそも、一代で会社を大きくした現社長とは、創業からの付き合いなのだ。

最初は小さな工務店からこの会社は始まった。

工務店のメンバーは数人ほどであり、その頃は営業も孝彦一人だけだった。

当然、仕事は家の補修やリフォームがメインで、一から家を建てることも、家自体を売ることもなかった。

だが、創業メンバーで一丸となって働くうちに、気がつけば地方都市とはいえ一、二を争う規模にまで会社は大きくなっていた。

そんな中で、買い取った家をリフォームして売る、という業務が生まれ、新築ほど高くなく、しかし新築並みに内装を自由にカスタマイズできるプランを用意したところ、これが当たった。業務の比重もそちらが主になり、逸井工務店からイツイハウジングに社名も変わった。

その頃には、孝彦も営業の経験を積んで脂がのり、面白いように契約が取れるようになっていた。

そうして創業から三〇年弱、会社の規模も従業員数も、当初とは比べものにならないほどに膨れ上がっていた。

——あの小さな工務店から始まった会社が、今では小規模ながら自社ビルを持っているのだから、感慨深いものだ。

そんなことを考えながら、孝彦は社長室のドアをノックした。

「押江君かい？　どうぞ」

中からの声に「失礼します」と返事をして、ドアを開けた。

「わざわざ来てもらってすまなかったね」

デスクから立ち上がり、社長の逸井《いつい》恭一郎《きょういちろう》は破顔して孝彦を迎え入れた。

孝彦より一回り年上で、もう頭は半分ほど白くなっている。今でも工務店時代の作業着を着込み、「現場の気持ちを忘れたくないんだ」と笑って語るような人物である。

「いえ、なんのご用でしょうか？」

「うん、折り入って、君に頼みたいことがあるんだ。というのも、ある新人の面倒を見てもらいたくてね」

そう言われて、孝彦の表情は曇った。

実のところ、最近の孝彦の営業成績は芳しくない。

決して悪いわけではないが、かつて自分が指導して一人前に育てた若い社員たちに上位の座を明け渡してしまっている。

——人が育っているのだから、会社としてはいいことなのだが……。

若手の躍進を、ましてや自分が教えた子たちが一人前になったと考えれば嬉しくはあるが、置いていかれ始めている、という悔しさと焦りは孝彦の中でずっと渦巻いていた。

——新人の面倒を見ながらでは、ここ最近の不調を挽回《ばんかい》するのが難しくなる。できれば、今は営業に専念したい……。

「そんな顔をするな。押江君、君は創業からずっとこの会社によく貢献してくれた。本来なら、しかるべき役職に就いてもらっていなければならない立場だ。それなのに、君の営業能力に頼ってここまで来てしまった」

「いえ、私も現場でガンガン契約を取ってくるのが楽しかったので」

不動産業界では、実力のある営業マンが現場に居続けることを望む、ということは珍しくはなかった。一件一件の金額が大きいため、コンスタントに契約を取ってくるエースは歩合による恩恵が大きいのだ。

歩合率は会社によって異なるが、腕に覚えのある営業マンであれば、同年代の平均収入の何倍も稼げることも往々にしてあった。そのため、実績を引っさげて渡り鳥のように不動産会社を転々とする営業マンも少なくはない。

最近では景気の低迷により役職に就きたがる傾向は増えてきているが、今なお引退まで現場一筋を貫く営業マンも数多くいる、そんな業界だった。

「そういう君の言葉に我が社は甘えすぎたわけだ。幸い、君が育てた新人たちも立派に一人前に育って結果を出してくれている。もうそろそろ、少し後ろに下がって楽をしてもいい頃だろう」

――ああ、これは引導か。

孝彦はそう思った。

お前はもうロートルなのだ。老兵は将来有望な若手に道を譲れ。そう言われているのだ。孝彦は屈辱に耐えるため拳を強く握りしめた。

「待ってください、社長。私はまだやれます」

「おいおい、勘違いをせんでくれよ。別に降格とか左遷とか、そういう話じゃない。多くの若手を育て上げたその手腕を買いたい、という話だよ」

――詭弁《きべん》だ。

そう思っても、雇われの身である。会社のトップに直々に命じられれば、業務命令として飲み込むしかない。創業からのメンバーだから、個人的にも付き合いがあるから、とわがままを言えば、他の社員に示しがつかないだろう。

「わかりました」

そう答えて、孝彦は社長室を後にした。

その後、任された新人を探して指定された部屋へと赴き、衝撃的な出会いをすることになったわけである。

第一章　ギャルとおっさん

営業のイロハ以前に、光莉はパソコンを使うことができなかった。触ったことすらなかったらしい。

しかも、敬語もまるでダメだし、常時タメ口である。

会って早々、孝彦は頭を抱えてしまった。

聞いたところ、何人もの教育担当が孝彦のように頭を抱え、匙《さじ》を投げているのだという。

――少しの成績不振は、そこまで重い罪なのか……。

絶望してしまいそうだったが、孝彦はすぐに自分を奮い立たせた。この新人の教育を押しつけられたのならば、さっさと育て上げて元の業務に戻ればよいのだ。

そう考えて、孝彦はすぐに頭の中で教育カリキュラムを組み上げ始めた。

ポケットから折りたたみ式の携帯電話を取り出し、教育用のパソコンの貸し出しを手配する。

電話が終わるなり、

「わかった。まずはパソコンの使い方から勉強しようか」

と、孝彦は光莉に言った。

「えー。ってか、パソコンとか使わなくてもよくね？　スマホで充分じゃん」

露骨にイヤそうな顔をして、光莉はプイッと視線を背け、その視線をスマホの画面に落とす。

「君は仕事をなんだと思っているんだ？」

「仕事だからって、一方的にあれやれこれやれって命令するのは違うんじゃね？」

「多かれ少なかれ、仕事ってのはそういうものだぞ」

「納得いかねーし」

「じゃあ、どんな仕事なら納得するんだね？」

「知らねーけど」

「なんだ、自分でもわからんのか」

孝彦はひとつため息をついた。

「いいか、君が納得していようといまいと、出社している以上、君には賃金が発生している。お給料だ。それはわかるかな？」

「そのくらいはわかるし」

「では、給料が発生している以上、会社の利益のために働かなければならない、ということは？」

「それもわかるし！」

光莉はキッと孝彦を睨《にら》んだ。目が大きな光莉は目力も強く、ずっと年上の孝彦が怯《ひる》んでしまいそうな迫力があった。

「でも、それとなんにも考えずに命令を聞けってのは違うんじゃね、って思うだけだっつーの！」

そう言って自分を睨む光莉の目を見て、孝彦は悟った。

――これは説明や理由を求めているのではないな……。拒絶、あるいは警戒だ。

となれば、必要なのは理詰めによる説得ではない。

――なるほど、これは難物だ。

結局、その日は堂々巡りが繰り返されるばかりだった。

仕事では閑職に追いやられたような絶望を味わった孝彦であったが、タイムカードを押して会社を出る足取りは軽かった。

*

孝彦が生活の中で楽しみにしていることはいくつかある。

仕事帰りにふらりと居酒屋に寄って晩酌をすることもそうだし、休日に目的地も決めずにドライブに出て、目についた飲食店でご当地飯を食べる、なんてこともある。

そんな楽しみの中でも月に一度、最も待ちわびているのが娘との会食だった。

その月に一度の会食が今日なのである。

もう暗くなった街を駅へと急ぎ、いつもとは違う路線の電車に乗る。いつもは降りない駅で降りて、予約をしたレストランへ。

居酒屋や安い定食屋が定番の孝彦にとって、普段は立ち寄らないような小洒落たイタリアンで、なかなかの高級店である。

店に入り、ウェイターに名前と待ち合わせている旨を告げる。案内されたテーブルには、近隣では進学校と名高い高校の制服を着た三つ編みお下げの娘と、ビシッとスーツを着こなした四〇代後半の女性が席に着いていた。

「すまない、待たせてしまったか」

謝りながら、孝彦も席に着く。

制服姿の愛娘、七瀬孝美《ななせたかみ》は首を横に振り、

「今日もお仕事、お疲れ様です」

と微笑んだ。

「それにしても、今日も制服なのか。こういう店に来るときくらい、もっと着飾ってもいいんじゃないのか？」

「お父さん、学校の制服は高校生の正装だよ？　ドレスコードがあるお店でも通用する恰好なはずでしょ？」

「そりゃそうだが、お前ももう一七だろう。もっと華やかな服とか髪型とか、それこそ化粧だって興味を持っていい頃じゃないか」

「大丈夫ですよ。この子は私にメイクを教えてくれって言ってきてますから。ただ、ちゃんと時と場所と状況をわきまえているだけで」

「そ、そうか」

彼女の母親であり、元妻である七瀬美々子《みみこ》にそう言われて、孝彦は黙り込んだ。

月に一度会うだけの孝彦にはわからない二人の生活が、確かにあるのだ。それを感じてしまうと、どうしても一抹の寂しさがこみ上げてくる。

「こういうカッコしてるとね、それだけで先生たちの印象がいいんだよ。指定校枠の推薦の話だって、まず私のところに持ってきてくれるんだから」

「それは孝美が勉強を頑張っているからだろう」

「だからこそだよ。ちゃんと勉強してるのに、服装とか髪型とか、そんなので不当に評価下げられたらたまらないでしょ」

「それはそうだが……」

孝彦は美々子に視線を向け、

「ちょっとお利口に育ちすぎじゃないか？」

と少しおどけて言った。

「自分の娘が真面目な優等生で、何が不満なんです？」

問われて、美々子はくすりと笑いながらそう答えた。

「お父さん、私の養育費、相場よりかなり多めに払ってくれてるんでしょ？　お母さんから聞いてるよ。お父さんのおかげで、きっと大学も奨学金とかアルバイトなしで卒業まで勉強できるはずだよ、って」

「そりゃ、父親らしいことはそのくらいしかできんからな」

「だったら、こっちだってしっかり勉強しなきゃ、って思うでしょ」

そんな話をしているところに、前菜の真鯛のカルパッチョが運ばれてきた。

コース料理としては、前菜の前に食前酒が来るものだが、高校生の娘がいるから、と省略してくれるよう頼んであった。

「お父さん、このお店って、お母さんがこのカルパッチョが好きだからずっと使ってるんでしょ？」

孝美に問われて、孝彦は「ん？　ああ」とうなずいた。

孝彦自身も好きな料理である。白身の鯛には、オリーブオイルとレモンの風味がよく合う。普段は居酒屋で日本酒を嗜む孝彦としては、海鮮はわさび醬油が一番だと思っているが、鯛だけはこの店のカルパッチョがいい、と思っていた。

「結婚する前に母さんと一緒に食べて感動してな。それ以来、この店は二人のお気に入りなんだ」

「ふうん」

返事をしつつ、孝美もカルパッチョを口に運ぶ。

「お母さんもさ、離婚したわりに、お父さんの悪口とか言わないよね。むしろ、お父さんのことは褒めるよね」

「父親のことを尊敬できないなんて、子どもにとっては不幸なことでしょ。それに、この人とは別に嫌いになって別れたわけじゃないもの」

「常々思ってたんだけどさ、お父さんとお母さんって、なんで離婚したの？　私には今でも仲良しに見えるんだけど」

孝美にそう言われて、孝彦は言葉に困った。それは美々子も同様だったらしい。

実際、仲が悪いワケではない。

今日のように一緒に食事をすることに抵抗もなければ、たまに電話やメールで他愛のない話をすることもある。

ただ、孝美が生まれてから、娘の教育方針について、意見が大きく分かれた。孝彦は何も強制せず、のびのびと育てたかった。それに対して、美々子は娘にいろいろなことをやらせてあげたい、習わせてあげたい、と考えた。

そこから、歯車が嚙み合わなくなった。それまでは上手くいっていた共同生活の些細なことがズレ始め、すれ違い始めた。

孝彦も美々子も、そのズレにすぐ危機感を抱き、何度も話し合いを重ねた。

そして、お互い嫌いになる前に、決定的な何かが起こる前に、一度距離を置こう、という結論になった。

離婚して距離を置けば、お互いの関係はあっさりと修復した。むしろ、恋人時代の熱量を取り戻したようにさえ思えた。

そうなると、今度は復縁してまたギクシャクするのが怖くなった。

そんなこんなで、娘が高校生になるまで現状維持が続いてしまっている。

「大人になるとな、いろいろあるんだ」

「ええ、そうね。いろいろあるのよ」

両親の曖昧な言葉に、聡明な娘は「全然わかんないんだけど」と首を傾《かし》げるのだった。

コースもメイン料理であるメバルのアクアパッツァまで進んでいた。ふっくらと柔らかいメバルの身をつつきながら、大人二人はワインなども楽しみつつ、穏やかに食事のひとときが流れていく。

そんな中で、ふと、孝彦は今日頭を悩ませた新人のギャルが娘とさほど歳が違わないのではないか、と思い至った。

「なあ、孝美」

「何？」

アサリの身を貝から剝がしていた孝美が手を止めて、顔を上げる。

「実は、今、父さんは新人の教育を任されていてな。少々手を焼いているんだ」

「お父さんが仕事の愚痴《ぐち》なんて珍しいね」

「いや、愚痴というわけではないんだがな。ただ、どう接するべきなのか困ってしまっているんだ。その子が、孝美とそう歳は変わらんのだよなあ、と今思い至ってな」

「女の子なんだ？」

「そうだ。普通の女子社員ならいいんだが、なんというか、髪や爪は派手だし、平気でタメ口を使うし……」

「あー、いわゆるギャルなんだ」

ふうん、と孝美は少し考え込んだ。

「うちの学校にいるそういう子たちとその人が同じかはわからないけど、まあ、少しならギャルやってる子たちの気持ち、説明できるよ」

「助かる。どうすれば言うことを聞いてくれるかな？」

「それは簡単。友達になること」

「友達に？」

「うん。私が知ってるギャル系の子って、友達意識とか仲間意識がすごく強いんだよね。彼女たち、派手な服着て、派手なメイクとかネイルとかしてるでしょ？　どうしてかわかる？」

「いや……」

孝彦は首を傾げた。

「普通、メイクとかおしゃれは異性にモテたくてするもんなんじゃないのか？」

「ブブー、残念。お父さんってモテたいからおしゃれするの？」

「父さんの場合は、だいたい母さんの気を引きたくておしゃれをしていたぞ」

「まあ、あなたったら」

美々子がまんざらでもなさそうな顔で照れ笑いをする。

「……なんで私、離婚した両親からのろけ話を聞かされてるの……？」

やれやれ、と孝美は肩をすくめた。

「まあ、そういう子もいるかもしれないけど、私が知ってるギャルの子たちは、異性に向けてってより同性の友達を意識してメイクとかおしゃれをしてるよ」

「そうなのか」

「彼女たちのメイクとかネイルとかって、友達の証しだったりするんだよ。同じ系統のおしゃれをすることで、仲間だってことをアピールしてるっていうか」

「なるほど、仲間意識が強いから、まずは友達になれ、か」

「うん。一回仲良くなると、そういう子ってすごく義理堅いよ」

「いや待て、でも、さすがに父さんは同じようなおしゃれはできんぞ」

真剣に困った顔をした孝彦を見て、孝美と美々子は吹き出した。

「孝美もそこまでしろとは言ってないでしょ」

「むしろそんなことしたら、キモがられて逃げられちゃうと思うな」

ひとしきり笑って、孝美は真顔を孝彦に向けた。

「とにかく、彼女たちには彼女たちの理屈があるんだよね。私の学校のそういう子たち、いつも言ってるよ。好きな髪型して、好きな服着て、好きなネイルして何が悪いの、って。それを頭ごなしに否定されたらムカつくに決まってる、って」

「ふーむ。父さんたちは仕事だからとにかくやれ、ってのは当たり前だと思っていたが、そこからして引っかかる人もいる、ということか」

「そうだね。私もルールは守るべきとか、先生とか目上の人の言うことは素直に聞くべきとか無条件で思っちゃうタチだけど、そこに納得できないと動けない人もいるんだよね」

「なるほどなあ」

「まあ、もうそういう時代じゃない、ってのもあるんじゃない？　お父さんの言ってることとって、いかにも昭和の根性論って感じだし」

「そ、そういうものか……？」

仕事なのだから、やるのが当たり前。個人の感情や都合など、後回し。それが当たり前だと思っていた孝彦にとって、あまりに意外すぎる行動理念だった。

――まさか、娘から教えられる日が来るとはなあ。

少し情けなくもあるが、それ以上に娘の成長を実感し、それを嬉しく思う孝彦だった。

*

翌日。

出勤時、いつものように電車に乗ると、見知った顔と出くわした。

都心部と違い、地方都市のこの辺りでは、電車の混み具合もそこまでではない。逆に車社会の傾向が強く、通勤時間帯は道路の方が混むのが常である。

イツイハウジングはといえば、社用車を数多く揃えているため社員用の駐車場が用意できないとして、よほどの理由がない限りは電車通勤か自転車通勤を推奨している。

会社の事情はさておき、車社会である地方都市の電車事情的には、知り合いを見つければ立っている乗客の間をすり抜けて近寄るくらいの余裕はあった。

「おはようございます、押江さん」

するすると近寄ってきたのは、かつて孝彦が面倒を見た若手の男性社員だった。

「ああ、おはよう」

――ええと、覚えているぞ。五年くらい前に面倒を見た佐々木君だ。初めて契約が取れたときに奢《おご》ってやると居酒屋に連れて行ったら高い酒をパカパカ飲みやがった。

今は営業を離れて企画とかの部署にいると聞いていたが……。

そんなことを考えている孝彦に、若手の男は小さく頭を下げた。

「すんません、押江さん、あの新人のギャルを押しつけられたんすよね。あいつの教育係の前任、俺なんすよ」

「そうなのか。というか、もう昨日の今日で話が出回っているのか」

「まあ、ある意味有名人っすからね、あのギャル。配属されるたびにどこの部署でもことごとく匙を投げられて、ついに押江さんに特命が下ったって」

「特命なんてかっこいいもんじゃないだろう」

つい、孝彦は苦笑してしまった。

「俺がちゃんと指導できてれば押江さんに面倒をかけることもなかったんすけど……あいつ、マジで言うこと聞かなくて」

「ああ、まあ、昨日一日接してみて、佐々木君たちが手を焼くのはわかったよ」

「押江さんでも厳しいっすか？」

「さて、どうだろうな」

「あいつ、なんでクビになってないんですかね……。普通はこんだけ各部署たらい回しにされてどこでも使えなかったら、叩き出されるもんじゃないっすか？」

「いや、一度雇った以上、そう簡単にクビというわけにもいかんだろう」

「それにしたって……。っていうか、なんで採用されたんすかね？　もしかして社長の親族とか？」

「それはないな。縁故採用とか身内びいきは社長が一番嫌ってることだぞ」

孝彦以外のいわゆる創業メンバーはみんな役員や役付としてそれなりの立場にあるが、それもきちんと実績があってこそである。長い期間会社に貢献してきたことが評価されての人事であって、説明に窮《きゅう》するようなポストに就いている者はいなかった。

強いて言うならば、創業メンバーでありながらひたすら現場に残り続けている孝彦の人事こそが、誰しも首を傾げてしまう例の筆頭であった。

「だとすると、ますます謎っすね」

「案外、ああ見えて筆記試験で相当な高得点を取っていたのかもしれん」

「まさか」

「人を見かけで判断するのはダメだと研修で教えただろう。好んで安い服を着る金持ちだっているんだぞ」

「そりゃそうですけど……あいつが？　実は超優秀？　いやいやいや、まさか……」

ははは、と笑う佐々木の声は、少しばかり引きつっていた。

「ま、私もまだ一日話してみただけだ。根気よく続けてみるさ」

孝彦がそう言うと、彼はもう一度頭を下げた。

「俺、ホントに申し訳ないと思ってて。あんなのの面倒見るのに押江さんが時間を使うなら、もっと有望な若手を見てもらった方が絶対いいって思うんすよね。こうなるってわかってたら、俺も泥かぶるつもりでもう少し頑張ってみたんですけど」

「気にするな。むしろ、佐々木君のような若手こそ、そんな負担からはさっさと逃げてバリバリ働くべきだよ」

「いや、俺もう五年もやってますから、若手って歳でもないっすよ」

「ははは、たかだか五年、私から見たらまだまだ新人みたいなもんさ」

「ちぇ、かなわねえなあ」

佐々木は顔をくしゃっとさせて笑い、

「朝からすみません、そんだけっす。一言だけでも謝りたくて」

と頭を下げて、また乗客の間をすり抜けて知り合いらしい他の乗客の側へと行ってしまった。

——律儀なヤツだ。

とはいえ、ずいぶん前に指導した若手が自分を慕って気を遣ってくれていることは、素直に嬉しいと感じるのだった。

*

孝彦が出社して社員教育用にと割り当てられた一室に赴くと、すでに出社した光莉がパイプ椅子に座り、長テーブルに肘をついてスマホをいじっていた。その表情は終始仏頂面で、孝彦の姿を一瞥《いちべつ》しても「ちーっす」と挨拶らしき言葉を発しただけで変わらなかった。

「おはよう」

孝彦もそう挨拶をして、パイプ椅子を持ってきて光莉の前に陣取って座った。

「何……？」

光莉が怪訝《けげん》そうな顔をした。

「今日は君の話を聞こうと思う」

「は？」

光莉がますます怪訝そうに眉根を寄せる。

「君には仕事に対する不満がある。私にはそれがどんな不満なのかわからない。だから、聞かせてもらおうと思ってな。若井君の意見が正しいなら、私も会社側に改善するよう求めよう」

「いや、あたしはそんなこと話すなんて一言も言ってねーし」

「だが、話さなければ何も伝わらんぞ？　伝えてもらわなければ改善もできん。つまり、そのままでは君は仕事ができない。このまま仕事ができないなら、若井君には辞めてもらうしかなくなる」

「え、それは困るし」

ようやく仏頂面を崩して、光莉は焦った顔をした。

「だろう？　しかし、会社は働いてもらうために社員を雇っているんだ。働いてくれないなら雇ってはおけないのも道理というものだ。私としても、せっかく縁があった新人が実力を発揮もせずに去って行くのを見るのは悲しい。だから、とりあえず不満があるなら話してくれないか」

「……ホントに変える気なんかあんの？」

「そりゃ内容によるさ。若井君の話に正当性があるなら、私は君の味方をするよ。だが、君の言うことがただのワガママなら、君に説教をすることになるかもな」

「ほら、結局一方的に説教するだけで終わりなんだ！」

「なんだ、君は単に駄々をこねていただけだという自覚があるのか？」

「ちげーし！」

「だったら違うことをきちんと説明してくれないと」

光莉はイライラしたように鮮やかなネイルの指先で机をコツコツと叩きながら、しかし、それでもポツリと、

「なんつーか……信じらんねーから」

と漏らした。

「それは私が、ということかな？」

「おっさんだけじゃなくて、この会社全部」

「そりゃまたどうして？　君はこの会社に入社したくて採用試験を受けたんだろう？」

「そーだけど……」

一瞬、光莉は言い淀《よど》んだ。そして、孝彦を値踏みするような視線を向けた。

「ここで聞いた話は、君の許可なしに誰かに話したりしないことを約束するよ。たとえ社長や偉い人に問い詰められても絶対に口を割らない」

「口ではなんとでも言えるし……」

「しかし、話してくれんと何も進まんよ」

「……」

言い淀んだ光莉の口元が、悔しそうに歪《ゆが》む。頬に少し赤みが差したのは、激昂《げっこう》したから、というだけではないように見えた。

——羞恥、か……？

そう察して、孝彦の口も苦渋で歪んだ。

セクシャル・ハラスメントの気配を感じたからである。

もちろん、そのようなハラスメントは許されることではない。しかし、性的な問題となると、扱いはかなりデリケートになってくる。

――だが、そういう事情なら、こんなに強情になっているのも合点がいく……。

もしその懸念が当たっているのだとしたら、周りに味方がいない彼女の助けになれるのは自分しかいない。その事実を噛《か》みしめるように、孝彦は真面目な顔をしたまま光莉の次の言葉を待った。

何分か躊躇《ちゅうちょ》したものの、光莉は苛立《いら》たしげな顔をして、それでも喋《しゃべ》り始めた。

「採用試験を受けた後、面接官の一人にちょっと来いって言われて、こういう小っちゃい会議室みたいな部屋に連れて行かれたの。そこで、なんて言われたと思う？」

「いや……そもそも面接官が面接以外で声をかけることなんかないと思うが……。面接で説明すべきことを何か言い忘れたとか？」

あえて、孝彦はすっとぼけて見せた。おそらくは下卑た冗談でも言われたか、しつこく食事にでも誘われたのか。そのくらいの予測はしていたが――。

「はあ？　そんなわけねーじゃん。そんなことなら別にこっちもなんにも思わねーし」

「それは確かに」

光莉のイライラは、なおも加速しているようだった。机を爪でコツコツ叩く音のリズムがどんどん速くなっていく。

「あたしはね！　そこで言われたの！」

バン！　と光莉は掌で机を強く叩いた。

「合格させてやるから、やらせろって！」

「は――？」

一瞬、孝彦は頭が真っ白になった。

セクハラだろうとは思っていた。しかし、想像していたレベルを遥かに逸脱していた。

「そ、それは本当か？」

「あ？　訊いといて疑うとか、やっぱ信用できねーじゃん！」

「いや、そうじゃない。信じてないとかじゃなくて、ショッキングすぎて理解が追いつかなかったんだ。それはつまり、性的な関係を持ちかけられた、ということか？」

「おっさん、バカなの？　他に解釈のしようなくね？」

「いや、うむ、それは……そうか。まさか、いや、言いにくいというか、訊きにくいんだが、その、ええとだな……？」

まさか応じたのか、と訊けずにいる孝彦の意図を察して、光莉はさらに不機嫌そうな顔をした。

「はあ？　んなわけねーじゃん。その場でざけんなっつって帰ったし！　引っ叩かなかっただけでも感謝してほしーし！」

「そ、そうか。それを聞いて安心した」

孝彦は腕を組んで、考え込んでしまった。

――それが本当なら、会社そのものが信用できない、というのもわかる。指導に当たった前任者たちも、同類だと思われれば話など聞く気になれるはずもない……。

孝彦とて娘がいる身である。娘の孝美は高校を出て進学の道を選ぶだろうが、就職活動でそんな卑劣漢の毒牙にかかるかもしれない、と想像しただけではらわたが煮えくり返る思いであった。

孝彦は腕組みを解き、両手を机について、額が机にぶつかるほど深く頭を下げた。

「すまない。それは、全面的にうちの会社が悪い。本当に申し訳なかった」

「え」

激昂して荒らげていた声から一転、光莉は困惑気味にトーンを落とした。

「え、えぇ？　おっさんが悪いわけじゃ……」

「いや、そんな事情なら君が頑《かたく》なになるのは無理もない。言いにくいことを言わせてしまったことも含めて、本当に申し訳なかった」

「いや、まあ、おっさんからしたらあたしがツンケンする意味もわかんなかったわけだし、言わなきゃ始まんなかったし……」

「そう言ってもらえると助かる」

孝彦は頭を上げて、まっすぐに光莉を見た。

「しかし、断ったのに入社できたんだな」

「それがあたしも不思議でさー。ホントは気味悪かったし辞退しようと思ったんだけど、他に受けた会社が全滅だったし、内定の通知見つけたお母さんが大喜びしちゃって、そんなこと言えなくなったっつーか」

「うーむ、その面接官、合否に関与できるほどの立場ではなかったのかもしれんな」

「いや、でも、あたしこんなじゃん？　採用試験会場でもかなり浮いてたし、どっちかってーと落とす方が簡単じゃね？」

「自覚はあるのか……」

「うっせーし」

悪態には違いないが、その「うっせー」は、今までより幾分か柔らかいニュアンスだったように感じられた。

「ちなみに、そいつがどんな顔だったか、覚えているかな？」

「怖そーなおじさんだったなー、くらいしか……なんで？」

「そんな話を聞いて放置するわけにはいかない。そんな破廉恥な男がいたのでは会社の品位にも関わるからな」

「犯人捜しでもやんの？　でも、証拠とかなくね？」

「……確かに。知らん、と言われたらそこまでだが」

孝彦はポケットから愛用のボイスレコーダーを取り出し、光莉の前に置いた。

「だが、聞いてしまった以上、放置はできんよ。そういうヤツは、きっとまたやるだろう。君に対しても、また何か企むかもしれん。だから、これを持っておきなさい」

「何これ？」

光莉が不思議そうな顔でボイスレコーダーをつまみ上げた。

「ボイスレコーダー、音声を記録する機械だ。会議を録音しておくためにずっと私が使っていたもので少々古いが、性能は保証する」

「クソなことを言われたらこれで録音して証拠にするってこと？」

「そうだ。それから、社内で犯人を見かけたら私にも教えてくれ。決して一人で詰め寄ったりしないようにな」

「それはいいけど……」

「頼む。この会社で二度とそんなことが起こらんようにしたい」

「なんかおっさん、あたしより熱くなってね？」

「そりゃあ、許していいことではないからな」

「まあ、それはそう。じゃあ、もう一個、話していい？」

「まだあるのか」

「あるよ。初日にさ、言われたの。人数分のお茶を淹《い》れてこい、って」

話すのを渋っていた最初の頃に比べて、光莉の口はかなり滑らかになっていた。

「同期の新人が何人もいるのにさ、あたしだけにだよ。だから訊いたの。なんであたしなのか、って。あたしもさ、新人の仕事だから、今日はお前の番、他の新人も明日以降順番に当番でやってもらう、ってんなら納得するわけ。でも、返ってきた答えは口答えするな、女の仕事だ、だって」

「あー、それもこっちが悪いな。明確なハラスメントだ。すまん、申し訳ない」

孝彦は迷わず頭を下げた。

「いや、これもおっさんが悪いわけじゃねーし」

「それはそうだが、まあ、一応会社側の代弁としてな。今どきはそんな男女差別的な発言は許されないのが当たり前だが、どうしてもこの辺はまだまだ田舎でな、古い考えを捨てきれない人間も多いんだ」

「田舎とか関係あんの？」

「たぶん、ある。個人主義の首都圏と違って、どうしてもこの辺りは家族親族のつながりが強いからな。実家住まいの若者も多いし、二世代三世代の同居も珍しくない。家の中心に古い世代がいて発言力を持っていれば、どうしたって老人の価値観を刷り込まれることになるだろう」

「そうなの？　あたしん家はお母さんと二人だけだから、全然ピンとこないけど」

「うちの会社はそういうコンプライアンス強化は頑張っている方だと思うが、それでも全員に徹底というのは難しいのかもな」

一度話し始めれば、後は流れる水のようだった。光莉は孝彦に促されるまま、二人目の指導役の話、三人目の話と不満をぶちまけた。

――一人目はともかく、二人目以降は難癖な気もするな……。

聞きながら、思う。

だが、そもそも採用試験での印象が悪すぎる。光莉が最初から警戒し、色眼鏡で見てしまうのも無理からぬことだ。

それに、二人目以降にも明確に問題があるような気はしていた。

――説明が足りていないんだ。

セクハラの件があったとしても、彼女は「お茶汲《く》みも男女関係なく新人の当番制なら納得する」と言っているのだ。昨日はもはや何を言っても拒絶だったが、話を聞く限り、彼女とて最初からそうではなかったように感じられる。

孝彦自身、「いいから言われた仕事をやれ」と新人に命じた経験はある。まず身体に仕事を覚えさせる、というやり方が有効な人間というのは確かにいるのだ。

おそらく、多くの指導担当はそういうやり方を選んだのだろう。

採用試験、初日と理不尽なことが続いて、その後も小さなイライラが重なり、彼女は会社不信、男性不信になってしまっていたのだ。

「わかった、お茶汲みの話は上に報告しておく。それから、私は男であれ女であれ差別はしないよう心がけている。とりあえず、そこまでは君もわかってほしい」

「それは、まあ、わかったし……」

「よし。じゃあ、今日はパソコンの練習からやろうか」

「は？　なんでそうなんの？　あたしの話、聞いてた？」

「もちろん聞いていたとも。それはそれとして、仕事にはパソコンが必要だ、だから覚えてもらう。実に簡単な理屈だ」

不満そうな顔で文句を言おうとした光莉を、孝彦は手で制した。

「言いたいことはわかる。スマホでいいじゃないか、と君は昨日も言っていたからな」

「わかってるならなんで言うかな」

「じゃあこうしよう。私はパソコン、若井君はスマホで同じ文章を入力し、どちらが速く正確に打ち込めるか競争をする。どうだ？　必要ないと豪語するからには、こんなおっさんのタイピングにぐらい余裕で勝てるだろう？」

「へえ、面白いじゃん」

にやり、と光莉は笑った。

「あたし、フリックかなり速いよ？」

「それは結構。そう言ったからには、負けたときに言い訳はできんぞ」

「なかなか言うじゃん。おっさんこそ、負けてゴチャゴチャ言っても聞かねーから！」

孝彦は仕事で使っているノートパソコンをカバンから取り出し、机の上で開いた。

「さて、じゃあ勝負で打ち込む文章だが……お互い初見の文章がいいな。ちょっと近くのコンビニまで雑誌か新聞でも買いに行くか」

「あたしも行く！　帰るときにおっさんだけ読むみたいなズルされるかもだし！」

「そんなことはしないが、まあ一緒に買いに行く方が公正か」

席を立って、孝彦は部屋から出た。その後ろから光莉もついてくる。

社屋を出て、徒歩二分のコンビニへ。

「おっさん、落語って興味ある？」

「いや、ないな。素晴らしい芸能なんだろう、とは思うが」

「あたしも全然知らないんだよね。だからさ、アレがよくね？」

光莉が指さしたのは、『本日発売』のコーナーに並んでいた、いわゆるゴシップ系の雑誌だった。表紙にはデカデカと、大物落語家のスキャンダルが報じられている。

「見た感じ、おっさんはゴシップとか興味なさそうだし、今日発売の最新号っぽいから、お互いあんまり知らないんじゃね？　勝負なら、二人ともおんなじくらい知らない内容の方がいいっていうか」

「なるほど……」

タイトルを見る限り、テレビでもたまに見かける落語家ではあるが、光莉のような若者が興味を持つとも思えない有名人である。

それに、ここまでの光莉を見ていると、まっすぐな性格に思える。ここで姑息な不正を仕掛けてくるとも思えないし、光莉が選んだテーマなのだから結果に不満も持ちにくいだろう。

「よし、わかった」

孝彦は光莉が選んだ雑誌を二冊購入した。

そして元いた会社の部屋に戻る。

「じゃあ、打ち込むのは買ってきた雑誌の巻頭のこの記事、二ページ分。開始はこの部屋の時計でちょうど半になった瞬間。それでいいかな？」

「おっけー。おっさん、あたしが勝ったらご飯奢ってよ」

「それは私が勝ったら若井君が奢ることになる、ということでいいのかな？」

「いやいや、あたしは負けたらパソコンの練習するのが条件じゃん」

「それは仕事の一環なんだがな……。まあ、いいだろう。昼飯くらいならごちそうしてやるから。約束は守るように」

「やりー！　ゴチでーす」

「やれやれ、もう勝ったつもりか……」

それでも、昨日より格段に進歩があるように感じられた。少なくとも、まともに意思の疎通ができている。

戦闘開始の時間が迫っている。

孝彦も光莉も、それを意識して壁掛け時計を睨むように見つめていた。秒針の進む音だけが緊張感の満ちる室内に響く。

秒針が一周して、こちり、と音を立てて長針が真下を向いた。

少し前までバカな話をしていた二人が、一瞬で真剣な顔つきに変わった。

真剣勝負が始まって五分。

「終わったぞ」

「は？　マジで……？」

孝彦は席を立ち、光莉の後ろに回り込んで手元をのぞき見た。

光莉の手の中のスマホには、指定の文章量の半分を少し上回った程度が入力されていた。

「ほう、なかなか頑張ったな。三分の一程度かなと思っていたが」

光莉も席を立って、孝彦のパソコン画面をのぞき込み、「うぐぐ」と悔しそうに唇を嚙みしめていた。

「まあ、まだまだ若いもんには負けんということだな。言っておくが、私は特別タイピングが得意というわけではないぞ。仕事をしているうちに身についた程度の速度だ。確かに若井君のフリック入力はかなり速いようだが、それでも長文の入力では並程度のキーボード入力には敵わない。それが身を以てわかったな？」

光莉は目を逸らし、心底悔しそうに、小さな声で「……うん」と呟いた。

「例えるなら、フリック入力が原付バイク、キーボード入力は自動車のようなものだ。速度も積載量も自動車の方が上、性能が勝っているんだからそっちを使わない手はない、ということだな」

「でも、原付には原付のメリットがあるじゃん。小回りが利くとか」

「それはそうだ。だから、状況に応じて使い分ければいい。そのために両方使える方がいいだろう？　だから覚えなさい、と言ってるわけだな」

「そう言うおっさんのケータイ、めっちゃ旧型のガラケーじゃん」

ふてくされた顔で、光莉は言う。

「機能は違えど、用途に変わりはないだろう」

「は？　いやいや、全然ちげーし！　ウサギとカメくらいちげーし！　そんな旧式じゃＳＮＳも使えねーじゃん！　今どき、そういうのって営業にも使うんじゃねーの？」

「その例えだと亀が勝ちそうだが……。そんなものを使わなくても仕事はできるだろう」

「それ言ったら、パソコン使わなくたって仕事はできるってことになるじゃん！」

「なるほど、それも一理あるな……。じゃあ。私もスマホについては勉強しておくから、今は自分のスキルアップだけを考えなさい」

「はーい」

顔からは不承不承なのが歴然だったが、光莉はようやくパソコンの前に座った。

「お、素直になったな」

「負けは負けだし。ちゃんと理由がわかればやるって言ってたじゃん」

「大変結構。じゃあ、今打ち込んでいた記事を書き写すことから始めるか。手の位置はもう少し開いて……」

こうして、二日目にしてようやく、孝彦は光莉にタイピングの練習をさせることができたのだった。

＊

仕事が終わった帰り道、光莉はスマホを片手に近所のスーパーに入った。

スマホ画面には、ＳＮＳ画面が表示されており、母親とのやりとりが進行中だった。

『卵って、一〇個入りのパックでいいの？』

慣れた手つきでそう打ち込んで、光莉は母親に対してそのメッセージを送信した。すぐに既読がつき、返信を受信する。

『そう。一番安いヤツね。もし売り切れてたら六個入りでもいいよ。そのときも安い方選んでね』

その返信を読みながら、足早に卵売り場へと向かう。

『あー、あるある。安い一〇個入り、これ買って帰るね』

『ありがと、助かる』

卵を買い、スーパーを出て、そこから歩いて五分強のアパートへ。鍵をガチャリと開け、「ただいまー」と部屋に入った。

出迎えた母親に買ってきた卵を渡す。

「ありがとう、本当に助かったわ。今日はニラ玉にしようと思ってたんだけど、買い忘れちゃって」

「メインの食材買い忘れるとか、お母さんうっかりしすぎだし」

あははと笑う光莉に、母も「ホントよねえ」と笑う。

「お母さん、今日は夜勤ないんだっけ？」

「ないわよ。シフトが変わって、夜勤は火曜と金曜」

「っていうか、あたしも働き始めたんだし、もうダブルワークやめてもいいんじゃね？」

「何言ってるの、あんたまだ配属部署も決まってないんでしょ？　ホントに、仕事でまで髪や爪にこだわるし、仕事内容も納得できなきゃ強情張るなんて、誰に似たのかしら……」

光莉は、採用試験でのことを母に話していなかった。話せるはずもなかった。最初は心配させたくない、という理由からだったが、内定に大喜びをする母を見て、ますます言えなくなってしまった。

「だって、納得いかなきゃ真面目に仕事なんてできないじゃん……。あたしの言い分なんか聞かないで怒鳴る人ばっかりだったし」

「仕事なんだから、納得できないことだってあるものよ。お母さんと違ってせっかく正社員になれたんだから……」

二人が暮らす部屋に、二人以外の生活の痕跡《こんせき》はない。長いこと、光莉と母は母子家庭として寄り添うように暮らしてきた。

父親は、光莉が小学生の頃に出ていった。正確には、ギャンブルにのめり込みすぎて生活費にまで手を出した父を、キレた母が叩き出した。

離婚するまで専業主婦をやっていた光莉の母は、シングルマザーになってそれはそれは就職に苦労したのだという。光莉は繰り返しそう言い聞かされて育った。

新卒でもなく、正社員として働いた経験もなく、資格もない身では選べる就職の幅はとても狭いのだ、と。だから光莉は正社員になりなさい、取れる資格は取りなさい、お母さんみたいな苦労をしなくていいように賢く生きなさい、とも。

光莉としてはパート仕事を掛け持ちまでして育ててくれた母を尊敬しているし、大好きだし、そこまで卑下しなくても、とは思う。しかし、正社員になれたことを心底喜んでくれたことが嬉しかったのも事実だった。

「心配ないって。今度の教育係のおっさんとは上手くやっていけそうだし。面白いおっさんでさー、ちゃんとあたしの話を聞いてくれるし、全部話したらあたしの味方してくれるって言うし。あたしがパソコンとか必要ないって言ったら、じゃあスマホとパソコンどっちが速いか勝負しようとか言い始めるし」

「あら、話のわかる人に出会えてよかったわねえ。光莉、会社にもその人にも感謝するのよ？　普通は新人に仕事の相手や内容を選ぶ権限なんてないんだから」

「わーってるって」

小言を言いながらもホッとした表情を浮かべる母の様子に、光莉自身も少し心が軽くなったような気がしたのだった。

第二章　二人だけの部署

出社して社屋に入るなり、孝彦は見知った姿を視界に捉えて足を止めた。

光莉である。

その目の前には、男女一人ずつ、二人の社員が進路を塞《ふさ》ぐように立っていた。二人ともまだ若いが、光莉よりは何年か先輩であるはずだ。

「お前、最近は押江さんの世話になってるそうじゃねえか」

「そーですけど」

男からの質問に、ムスッとした顔つきで光莉が返事をする。

「あんたねえ、押江さんがどういう人なのか知ってんの？　全盛期には八年連続で営業成績トップに君臨し続けたエース中のエースなんだから」

「しかも、銀行のお偉いさんや県議会議員のセンセイにまで信頼されてるんだぞ。本来なら、問題児が指導してもらえるような人じゃねえんだよ」

「別にこっちからお願いしたわけじゃないんで、そんなこと言われても困りますけど」

興味なさそうに答えて、光莉は二人の横をすり抜けて先に行こうとする。

が、二人はなおも進路を塞ぐように移動する。どうやらまだまだ絡む気満々のようだ。

徐々に空気は険悪になり、単なる立ち話という雰囲気ではなくなってきている。

――これ以上は看過もできんな。

「君たち、朝っぱらから何をしているんだ」

わざとらしく大きな声を出して、孝彦は大股で三人に近づいていった。

げ、とおかしな声を出して、光莉に絡んでいた二人は所在なさげに視線をさまよわせる。

「あんまり新人に圧をかけるなよ。指導も行き過ぎるとパワハラだと言われるご時世だからな」

二人は「すみません」とボソボソ言いながら、そそくさと立ち去った。

「やれやれ。すまんな、今絡まれたのは私のせいかもしれん」

「別に……」

「しかし、なんだ、若井君もちゃんと敬語は使えるんじゃないか」

「は？　おっさんさあ、あたしのことバカだと思ってない？」

「……私には相変わらずぞんざいな口調なんだな」

「何言ってんの？　おっさんだからタメ口なの。あんな連中にタメ口使いたくねーし！」

ん？　と孝彦は首を傾げた。

「もしかして、君にとっては敬語は親しくない、親しくしたくない人間に使うべき言葉なのか？」

「そーだけど。だって、なんか敬語ってこっち来んな、って感じがすんじゃん。バリア張ってるみたいな」

「そんな考え方があるとは……」

そしてさらに、気づく。

「じゃあ、もしかして、君は最初から私のことは拒絶してはいなかったのか」

「そりゃあ、あたしに仕事のことを教えてくれる人なんだし、会う前から拒否るのも違うじゃん」

「その割には強情だった気もするが」

「それは、まあ……」

光莉が口ごもる。

——事情が事情だし、警戒するのは当然か。当人も葛藤していたのかもしれんなあ。

まあ、根は悪い子じゃないんだ、うん。

最大限好意的に解釈することにして、つい、孝彦は苦笑してしまった。

＊

さすがに若い者は技術の習得も早い。

最初こそキーの位置を確認しながらゆっくりタイプすることしかできなかった光莉だったが、練習二日目にしてある程度はタイピングも様になり、さらに翌日にはタッチタイピングとまではいかないものの、かなりの速度で文章を打ち込めるようになっていた。

――こりゃ一週間もすれば私より速くなるな。

一度取り組み始めると、光莉の集中力は高かった。放っておくと時間を忘れて練習に没頭している。

――筆記試験か何かでこの集中力を人事の人間が見ていたのなら、性格や恰好をさておいても採用したのは理解できる。

そう思える程度には、孝彦の中での光莉の評価も変化していた。

――問題は気分屋でやる気にムラがある点と、言葉遣いだな。

そんなことを考えながら光莉のパソコン練習を見ていると、買い換えたばかりのスマホが鳴った。

かけてきたのは社長の逸井恭一郎だった。

「はい、押江です」

『ああ、逸井だが、どうかね、新人の様子は』

「今はタイピングを教えています。飲み込みも早いし、タッチタイピングぐらいならすぐに覚えられそうです」

『それは何よりだ。では、少し話があるから、今からちょっと来てくれんかね』

「はい、わかりました。すぐに伺います」

『待っておるよ』

通話を切り、「ちょっと出てくる」と光莉に声をかける。生返事で練習に没頭する光莉を残し、孝彦は社長室へと向かった。

＊

相も変わらず、社長の恭一郎は作業着姿だった。にこやかに目を細めて、孝彦が入るなり、歩み寄って両肩を荒っぽく叩く。

「いやあ、さすが押江君だね。彼女にきちんとパソコンの練習をさせることができたのは君が初めてだ」

——それもどうなんだ。

つい口に出しそうになって、孝彦は慌てて言葉を飲み込んだ。

「で、どうだね？　君が見た感じ、あの新人は」

「扱うのが難しいですね。敬語を使わせたり派手な恰好を改めさせるのもかなり骨が折れそうです」

「ははは、まあ、採用試験にもあの派手な恰好で来たくらいだし、面接でも終始タメ口だったからな。あれは筋金入りだろうね」

それでよく採用したな、と孝彦は妙なところで感心してしまった。

「まあ、しばらくはその辺りは大目に見てやってもいいのではないかな。仕事はスーツで正装という常識も疑ってみるべきだし、ああしたファッションに好感を持つ客層だっているかもしれん」

「はあ。しかしまあ、内面的にも強情だし、自分が納得しないと動かないし、今のところはそっちの方が目立つ感じではありますが」

「が？」

——採用試験でのことは、やはり伏せるべきか……。犯人も不明だし、口外しないと約束もしたしな。

社長を信用していないわけではないが、証拠もない話をこの時点でするべきではない、と孝彦は判断した。

「何人もの教育担当に強情な態度を取った原因は、最初の教育担当者のハラスメントが原因である、と本人は言っています。女はお茶汲みをやれ、と高圧的に言われたとかで」

「それは本当かね？」

恭一郎が険しい顔に変わる。

「他の新人もその場にいたそうですから、調査すればすぐに真偽は判明するかと」

「そうか。それはすぐに調べさせよう」

「そうした第一印象で嫌悪感や反抗心を抱いてしまい、必要以上に警戒して頑なになっていたようです。会社がパワハラにしっかり対処して信用を取り戻せば、能力を発揮してくれるかもしれません」

「それは会社の責任としてしっかりやらねばな。みんな反対する中、せっかく強引に採用させたんだ、頑張ってもらわんと」

「社長が鶴の一声で採用を決めたんですか……」

「うむ、ああいう子は、新しい風を呼び込んでくれる気がしてね」

――若井君の採用は社長の決定だったか。卑劣漢としては落とす気満々だっただろうに、そうは問屋が卸さなかった、と。

「ずいぶん抽象的な理由ですね」

「そう言ってくれるな。筆記試験の成績がよかったのは事実なんだから」

「なるほど」

「それで、だ。彼女の教育はまだまだ続けてもらわんとならんだろうが、君たちに仕事もやってもらわんとならんわけでな」

「それはまあ、そうでしょうね」

何ごとにも研修は必要だが、光莉の場合はすでに入社してから日数が経ってしまっている。それに、実地でしか積めない経験もある。

「まあ、当面は研修の延長と思って取り組んでくればいいんだが、君たちには他の部署からは独立して動いてもらおうと思う」

「と言いますと？」

「新たに『再販売促進室』という部署を創設しようと思ってな。便宜上『室』としているが、上に部署は設けない。社長直属と思ってくれていい」

「再販売、ということは新規物件は扱わない、ということですか？」

「そうなるな。だから気負う必要もないし、気楽にのんびりやってくれて構わんよ。もちろん、歩合で稼ぎにくくなる分、基本給は考慮する」

——そう言えば聞こえはいいが、要するに窓際部署ではないか。

事実上、前線からの完全撤退命令である。

「すまんが急には押江君のためのポストを用意できなくてな。とりあえずは室長で我慢してくれ」

もはや、その言葉の後半は孝彦の耳には入っていなかった。

窓際部署への追放、そう受け取って失意のまま社長室を辞するまでのことを、孝彦はよく覚えていなかった。

*

しょぼくれた孝彦とは対照的に、再販売促進室の話を聞いて、光莉は目を輝かせた。

「え、あたしたちのための部署とか、超カッコよくない？　しかも社長直属とか、最高にアガるんだけど！」

「いやあ、どう考えても窓際部署だろう。他の営業マンたちがどう頑張っても買い手を見つけられなかった不良物件ばかり押しつけられたんだぞ」

「なんでそう悪い方に考えるかなー。ヒラから室長になったなら出世じゃん」

「二人しかいない部署で役職を貰ってもお飾りにすぎんよ」

孝彦は肩をすくめた。面倒な仕事を押しつけられただけだというのに、どうしてこうも無邪気に喜べるのか、理解に苦しむ、という顔をする。

「そういうとこは素直になっておけばいいのに。なんか特殊部隊みたいでワクワクしてこない？　男子ってそういうの好きなんじゃねーの？」

「男子って……見ての通り、もうすっかりアラフィフなんだがな」

社長といい、光莉といい、自分を軽く扱いすぎなのではないか、と考えて孝彦はさらに凹《へこ》んでしまいそうだった。

「でもほら、男は何歳になっても心の中に少年がいるとか、よく言うじゃん？」

「その少年にも左遷とか厄介払いという現実が見えているのだろうさ」

「おっさんの中の少年、かわいげなさすぎー」

「いいから、練習の続きをやりなさい。仕事ができたからには、もうそればっかりやっている訳にもいかんのだぞ。今日は実際に扱う物件を見に行くからな」

「おお、なんか仕事っぽくなってきた！」

「っぽくじゃない！　紛れもなく仕事なんだ！」

脳天気にはしゃいでいる光莉の姿に、孝彦はため息をついた。

あるいは、このくらい無邪気に喜べる性格であれば、もう少し楽に生きられたのかもしれない。

そう思ったところで、詮《せん》なきことであった。

営業車の使用許可を取り、孝彦と光莉は昼前に会社を出た。

孝彦が運転席でハンドルを握り、光莉が助手席で資料にある住所をカーナビに入力していく。

「売れ残る物件ってさー、なんで売れないの？」

入力し終わるなり、光莉が訊いた。

「そりゃ理由はいろいろあるさ。物件によりけりだ」

「ふうん。あ、もしかして、お化けが出るとか？」

「もちろん、そういう物件もある」

答えながら、孝彦は営業車を発進させて会社の駐車場から公道へ出た。

「あるの⁉」

「実際にお化けや幽霊が出るかどうかは別にして、そういう噂が立つような出来事があった物件も売るのが難しい物件になる、ということだ」

「事故物件ってヤツ？」

「よく知っているじゃないか。もう少し専門的な言い方をすると、精神的瑕疵《かし》なんて言葉になるが、まあ、誰かが悲惨な死に方をした場所に住みたいか、と言われたら普通なら遠慮したくなるもんだ」

「確かに。そりゃ売れないよねー」

「そういう理由ばかりじゃないがな」

そんな話をしながら車を走らせてやってきたのは、いわゆる駅前通りだった。駅の真ん前から始まる商店街が長く延びており、コンパクトな店舗兼住居がひしめき合うように建ち並んでいる。

孝彦はコインパーキングに車を停めて、光莉に降りるように促しながら、

「この辺は車を停めにくくてな。少し歩くぞ」

と告げた。

「駐車スペースないの？　この辺だと珍しくね？」

地方都市の多くは車社会である。一家に一台は当たり前、下手すると一人一台ないと話にならない、と言う者も少なからずいる。

「ここの駅前商店街は建物の密度が高いんだ。駐車スペースは少し離れたところにある」

「そーなんだ」

「今でこそだいぶ寂れてシャッターを閉めたままの店も増えてしまったが、私が新人だった頃はまだ活気が残っていてな。過疎化が進み始めていたとはいえ、駅前の商店は物件としても人気があったんだ。そういう土地は、駐車スペースを作るより一軒でも多くの店舗を作りたいもんさ」

「おっさんが新人の頃とか、想像つかねー」

歩きながら、光莉はケラケラと笑った。

「もう何十年も前の話だからな。今ではすっかり郊外型のショッピングモールに客を取られてしまったなあ……」

歩きながら人影の少ない商店街を眺め、孝彦はため息交じりに呟《つぶや》いた。

「車を停めにくいってデメだよねー。ショッピングモールならバカみたいに広い駐車場もあるし」

「デメってなんだ。デメリットのことか？」

「わかってんじゃん」

「若者はなんでも略しすぎだと思うんだが」

「でも、タイパって大事じゃん？」

「今度はなんの略語だ？　タイムパフォーマンスあたりか？」

「うん、たぶんそれ」

「やれやれ。略語を使いすぎだぞ、という指摘に略語で返すとは……」

また、光莉がケラケラと笑う。

初日にはムスッとした顔しか見なかったわけだから、こうして軽口を叩いたり笑ったりしてくれるようになった、というのは大きな進歩ではあるのだろう。

仏頂面を最初に見すぎたからかもしれないが、光莉の笑顔はとても魅力的だった。もともと端整な顔立ちだが、とても素直に感情が表情に出ていて、それが明るく朗らかな印象に直結していた。

――言葉遣いも服装も営業に向いているとは思えないが、もしかしたらこの笑顔や屈託のなさは実は向いているのかもしれんなあ。

やがて、お目当ての物件が見えてくる。

「あれだ」

孝彦が指さした建物を見て、光莉も「なにこれ」と絶句した。

その建築物は、三階建てながらコンパクトな印象だった。一階部分は商店として使うことを前提にしており、二階と三階が居住スペースになっている、というのは外観からも容易に窺《うかが》えた。

年季の入り方は相当だが、手入れ自体は行き届いている。大通りに面していて、駅にも近く立地もいい。居抜きとまではいかないにしても、ちょっと手を加えればすぐにでも商売を始められるだろう。

だが――。

「両脇の建物、崩れそうじゃんか……。あれ、大丈夫なの?」

不安げに光莉が呟いた。

両隣の建物も同じような作りの元商店兼自宅なのだが、明らかに老朽化が進んでおり、屋根や壁にはヒビが入ったり穴が開いたりしていた。土台が弱くなっているのか、傾いているようにも見える。

特に右側の建物にはびっしりとツタのような植物が張り付いており、なんとも不気味な雰囲気を漂わせている。

「大丈夫じゃないな。この物件はそれ自体は問題ないんだが、両脇がネックでな。若井君が言ったように倒壊の仕方によっては危険だし、そうじゃなくても商売をするにも雰囲気が悪い。空き家は浮浪者や野生動物が住み着くおそれもあるから、治安や衛生の問題も出てくるかもしれん」

「いやいや、これ、危険でしょ。取り壊しちゃえば?」

「それが、両サイドはうちの会社の物件じゃないから勝手なことはできないんだ」

「じゃあ、持ち主に苦情言ってなんとかしてもらえばいいんじゃね?」

「そういう要請は行政に出しているんだが、どうも持ち主がわからなくなっているらしいんだ」

「そんなこと、ある……?」

「それがあるんだよ。持ち主が亡くなった後に相続なんかの手続きをしっかりしていないと、もう死んだ人間がずっと所有し続けていることになったまま、なんてことになってしまうんだ」

「……じゃあ、どうすんの？」

「どうにもできないから不良物件としてこっちに押しつけられたわけだな」

「なんか納得いかなくない？　これ、うちら、っていうかうちの会社はなんにも悪くないじゃん！」

「それはそうだが、それがこの商売の難しいところでな。どんな条件も、常に一定じゃないんだ。買ったときには好条件でも、近くにビルが建って日当たりの条件が変わったりして一気に売りにくくなることもあるし、逆に条件が悪いとスルーした物件の側に新しく駅ができて価値が跳ね上がることだってある」

わかるけど納得できない、とでも言いたげな顔で、光莉は視線を問題の物件に向けた。

「これ、中に入んの？」

「いや、万が一ってこともある、やめておこう。ここまで極端な問題物件も珍しい。外から見るだけでもいい勉強になるだろう。さて、次の物件だが……と、その前に」

孝彦は腕時計を確認した。

「もう昼が近いな。この商店街で飯を食ってからにするか」

「おっと、なんか申し訳ないっていうかー。気前よく部下にゴチってくれる上司ってかっこいー！　みたいな？」

光莉がいい笑顔で孝彦の顔を下から覗き込んだ。その表情は、飼い主にご飯をねだる仔犬にそっくりだ。

「わかったわかった。だが明日からは昼飯まで面倒は見んぞ」

「いぇーい！　おっさん超イケオジ！」

「おじさんまで略されるのか……。とりあえず、この商店街には懇意にしている居酒屋があるから、そこへ行こう。海鮮が美味い店なんだ」

「あたしまだ二〇歳になってないんですけどー？」

「車で来ていて、しかもこの時間から酒を飲むわけないだろう。昼間はランチの定食を出しているんだよ」

「あー、なる」

ギャルはなんでも略す傾向がある。そうはわかっても、「なるほど」くらいのワードは最後まで言ってもらわないとモヤモヤする孝彦だった。

倒壊しそうな家屋に挟まれた訳あり物件から歩いて五分ほどのところに、その店は暖簾《のれん》を出していた。

元々は古民家であったかもしれない年季の入った家屋。その風情を活かした造りになっており、カウンターを主体に一五人ほどが入れる席がある。寂れた商店街の割には客の入りは悪くない。まだ一二時少し前だというのに、半分ほどの席が埋まっていた。

「おや、押江さん、今日はまたえらく若い子を連れてどうしたの」

孝彦の顔を見るなり、もう髪が半分白くなった大将がカウンターの中から声をかけてきた。包丁を握りながらも人懐っこい笑顔を浮かべている。

料理の味もさることながら、この大将の気さくな性格が繁盛の要因であろう、と孝彦は考えていた。寂れた商店街にありながら、この店はいつ来てもちゃんと客が入っている。

「会社の新人だよ」

「どもー」

光莉がぴこんと小さく頭を下げる。

「俺はてっきり、押江さんがついに再婚するのかと思っちまったよ。あー、二名様、カウンターにどうぞ」

「ははは、ないない。冗談でもやめてよ、大将。彼女、娘とそう歳が変わらないんだからさ。それに、そういう冗談で本当に傷つく人もいるからね」

カウンター席に座りながら、孝彦は言った。その隣の席に光莉も腰を下ろす。

「あー、孝美ちゃん、もうそんな歳？　時間が経つのは早いねえ」

「もうすぐ高校卒業だよ。卒業祝い、今から考えておかないとなあ……」

「お嬢さん、聞いてるかい？　この人、離婚してるんだけどね、その割には別れた奥さんと仲良しな変な人なんだよ」

「へ？　おっさん、そうなの？」

「別に離婚したらいがみ合わなきゃいけないなんて法はないだろう」

余計なことを言うな、という意味を込めて大将を睨みつけるが、当の大将はどこ吹く風でその視線を受け流している。

「でも、だったら離婚する必要なくね？」

「だよなあ。お嬢さんもそう思うよな！」

「うるさいなあ、いろいろあるんだよ。それより大将、刺身定食を一つ」

「あいよ。お嬢さんは？」

「じゃあ、えーと、ミックスフライ定食！」

大将は注文を復唱して、早速調理に集中し始めた。

「別に遠慮せずに刺身や海鮮丼でもよかったんだぞ」

刺身定食に比べて、ミックスフライ定食は百数十円ほど安い。多少なりとも遠慮を見せて上司より安いものを頼む、というのは処世術としてはアリな考え方だとしても、光莉がそんなことを気にするとは少し意外であった。

「は？　別に遠慮とかしてねーし。海鮮が美味しいお店なら、アジフライとエビフライとホタテ入りクリームコロッケのミックスフライは絶対美味しいじゃん」

「なるほど、値段じゃなく好みの問題か」

やはり光莉は光莉であった。

＊

腹ごしらえを済ませて、二人は再度車に乗り込んだ。

「次の物件は少し遠いぞ」

言いながら、孝彦は車を発進させた。

「次のはどんな物件？」

「一言で言えば、山の中の一軒家だ」

「町まで遠くて不便ってこと？」

「そういうことだな。あと、周囲が本当に山だから、それ以外の不便もいろいろあるんじゃないか」

「電波とか電気が来てないとか？」

「さすがに電気は来ていると思うが、電波はかなり怪しいな。電線や水道管も、長いこと使われていなければ使えなくなっている可能性もある」

「ホント、どーすんのこれ、って物件ばっかりじゃん」

「だから窓際部署だって言ったんだ。まあ、現地で見てみるまではわからんが、おそらく売りになる要素があるなら押しつけられてはいないだろうな」

「てゆーかさ、さっきの両隣の問題とかは買った時点ではそうなるなんてわかんなくてもしょーがないけど、山奥の一軒家とか、うちの会社はなんで買い取ったの？　最初から買わなきゃよくね？」

「実際のところはわからんが、営業する上では『相手にも得をさせる』という落とし所は大切なんだ。こちらが一方的に得をするだけの条件では誰も納得しないし、信用もしてもらえないからな」

「んー、つまり？」

よくわからない、という顔で光莉は首を傾げた。

「例えば、これは高く売れそうだ、という物件を譲ってほしいとする。当然、相手だってその物件が好条件であることは理解している。相手は高く売りたいし、こっちは安く買いたい。しかし、渋い条件しか提示できなければ、競争相手の他社に先に買われてしまうかもしれない。若井君ならどう交渉する？」

「そりゃあ、ライバルより高く買うしかないんじゃね？」

「それが一番わかりやすい方法だな。だが、他にも方法はある。他に売りたい物件があるなら一緒に買い取りますよ、とか」

「あー。単体では絶対売れない事故物件とか！」

「そういう交渉を誰かがしたのかもしれんな」

「だったら、おまけの物件もその人が担当するべきじゃん！」

「会社ってのは、買う担当と売る担当が違ったりするもんだ」

「納得いかねー」

「それについてはまったく同感だが」

「でもさー、ってことは、うちらも両隣が崩れそうな家とか山奥の一軒家とかで、売る相手に得をしてもらわなきゃダメってことじゃん？」

「そうだな。少なくとも、買いたいと思える何かを提示できなければ見に来てすらもらえないと思った方がいい」

「それって何があるんだろ」

「それがわからんから売れ残っているわけだ」

「うーん。その山、地下に金とか石油とか温泉とか埋まってないかな？　そしたら解決すると思うんだけど」

「私はそういうのは詳しくないが、埋まってるかどうか調べるだけで相当な金がかかるんじゃないのか？」

「だよねー」

光莉はうーん、と考え込んで静かになった。

お互い、黙ったままで野太いエンジン音だけが聞こえてくる。

やがて車は山道に入り、道路の左右どころか上にまで木々の伸ばした枝が覆い被さってくる。まだ日の高い午後であるのに、木々のトンネルが陽を遮って薄暗い。

「ところでさ、おっさん」

窓の外を流れていく草木の緑を眺めながら、光莉が言った。

「ん？」

「なんで離婚したの？」

「なんでって……唐突だな。まあ、いろいろあったんだよ」

「でも、別に奥さんと仲が悪いワケじゃなかったんでしょ？」

「離婚した頃はだいぶ悪くなりかけていたんだよ。離婚したおかげで悪くならずに済んだんだ」

「そんなことある？」

「あったんだから仕方ないだろう。距離を置いた方が上手くいく場合もあるってことだ」

「ふーん」

光莉は顔を窓の方に向けたままだ。チラリと見やれば、窓に映った光莉の顔は真面目そのもので、茶化したり揶揄《やゆ》したりといった色は見えなかった。……少なくとも、孝彦にはそう見えた。

舗装された道は曲がりくねり、アスファルトが古くなって凸凹してきている。あまり長く視線を光莉に向けてもいられない。

「再婚しちゃえば？」

一瞬、答えに窮して、孝彦は、

「相手があることだからな。そう簡単じゃないさ」

とだけ、絞り出すように答えた。

「でもさ、娘さんは寂しい思いをしてるんじゃね？」

「……そうかもしれん。それは申し訳ないと思っているが」

「まだ遅くないって」

そうかもしれない、と思う部分もある。今再婚しても、孝美の進学先によっては、一緒に暮らせる期間は残りわずかかもしれないのだ。

「あたしんちさ、母子家庭なんだよね。親父がギャンブル大好きのクズ野郎で、お母さんが愛想を尽かして別れたらしいんだけどさー」

　あっけらかんとした口調だった。しかし、窓に映った光莉の顔には陰りが見えるような気がした。

「正直、あたしは父親のことなんかほとんど覚えてねーし、覚えてるのも怒鳴られたとかぶたれたとか、そんなんばっかりだから、父親に帰ってきてほしいなんて思わねーけどさ。おっさんはいいお父さんやってたんじゃねーの？」

「そう努めてきたつもりだが、娘から見てどうかはわからんよ」

「娘さん、絶対に帰ってきてほしいって思ってるよ」

「やけにハッキリ言い切るな」

「そりゃね。やっぱさ、あんな親父なら要らない、って思ってたけど、友達がお父さんと仲良くしてるのとか見たら、いいなーって思ったもん」

「なるほど、確かに孝美には……さみしい思いをさせてしまったかもしれんな」

「あー……ごめん、大きなお世話だった」

「いや、気持ちはわかる。自分でも思うよ、端から見ているともどかしいんだろうな、と」

「ううん、違うって。あたしの中にあるモヤモヤしたなんかをぶつけただけだもん。

八つ当たりみたいなもんだよ。あはは、やだねー、なんか教育係の人たちに八つ当たりばっかして問題児扱いされてたのに、おっさんにまで八つ当たりとか」

光莉はそう言ったきり、黙り込んだ。

「いや、別に気にしちゃいないが……」

——今回に限って言えば、八つ当たりさせてしまった私に問題があるんだろうな……。

孝彦も言うべき言葉が見つからなくて、黙り込んだ。

重い沈黙の中、窓を流れていく緑の景色が静寂をより際立たせていた。

二人を乗せた営業車が進む道は、やがて舗装さえされていない道に変わってしまった。

そんな道を走ること、さらに一〇分。

木々のトンネルが少し開けたところに出た。

ちょっとしたグラウンド並みに広い前庭は、それでも雑草がかなり目立つ。膝まで伸びた雑草が広がる奥には、もはや廃墟と言った方がしっくりくるような古い家屋がかろうじて森に飲み込まれずに佇んでいた。

「この古民家だ。こりゃ建物に値はついてないな。売値はほぼほぼ土地の値段だろう」

車から降りてドアをバンッと閉めながら、孝彦は言った。

「古民家って言葉、便利に使いすぎじゃね？　これもう、分類的には廃墟っしょ」

同様に、光莉も助手席から降りて言う。

「ははは、そうだな。資料を見る限りでは、庭を含めて一二〇〇坪あって三〇〇万と実にリーズナブルなんだが」

「一二〇〇⁉　え、あたし坪とかよくわかってないけど、桁一個多くね……？」

「だな。大体だが、八畳間二つに六畳間二つ、キッチン浴室洗面所トイレがそれぞれある平屋で、車一台分の駐車スペースとちょっとした庭もついて約一〇〇坪だ」

「一〇〇坪って豪邸じゃん！」

「うーん、東京や大阪ならそうかもしれんが、この辺だとわりと普通だぞ」

「はいはい、どーせ借家住まいの我が家は普通以下ですよーだ」

拗《す》ねたように、光莉が唇を尖らせてそっぽを向く。

「そういうことじゃない。この仕事をこの辺でやっていく以上、相場や平均値は肌感覚で身につける必要があるぞ、という話だ」

「でも、うちら、その平均的な物件を扱わせてもらえねーじゃん」

「それはそうだが、平均的な物件に比べて、どのくらいお得な価格なのかをセールスポイントとして説明できないのは致命的だろう。唯一のセールスポイントなんだから」

「……確かに。ってゆーかさー、どんだけ相場より安くても、やっぱこれを売るのは無理じゃね？」

「うむ……。周囲の環境が絶望的だな。ここまでの道は見ての通り、山を下りるまで店の一軒どころか民家すらない。昔は麓に集落があったんだが、過疎化が進んで山の下にもほとんど人は住んでいない」

「マジで山奥の一軒家じゃん……。孤立しすぎ」

「資料では、平成に入る直前くらいまでは人が住んでいたそうだ」

「大昔じゃん」

「確かにかなり前だが、大昔は言いすぎだろう」

「いや、あたし生まれてねーし」

「……そう言われると衝撃が大きいな。さて、人が住まない家は荒れるからな……。老朽化が深刻でなければいいが」

「そういうのって、会社で管理するもんじゃん」

「私もそう思うが、管理されているように見えるか？」

「……見えない。そもそも、管理どころか人が出入りしてる草の生え方じゃねーし」

「私もそう思う。売れなすぎて管理をやめてしまったのかもな。とりあえず、中を見てみるか」

雑草を踏みつけるようにして道を作りながら、孝彦は前庭を突っ切るように進んでいく。その後ろから光莉がついてきた。

まず、玄関の引き戸はもはや横に動く状態ではなかった。戸の敷居に埃や泥が詰まってしまっている。

仕方なく、戸板を外して入り口を確保する。

中をのぞき込めば、土間の隅で蜘蛛の巣にすら埃が絡みついていた。日が落ちたわけでもないのに薄暗い屋内は、最後の住人が使っていたのかもしれないサンダルや靴べらがうち捨てられて埃にまみれていた。

広い土間が通路のように奥まで延びている。それとは別に、左手には上がりかまちがあって板張りの廊下が闇へと延びていた。

右手にも上がりかまちがあるが、こちらは独立した和室が一部屋あるだけのようだ。

「こりゃ買い取ったまま放置されていたみたいだな」

「入るの？　マジで？　きったないし不気味だし、これもうお化け屋敷じゃん」

心底イヤそうに光莉が尋ねてくる。

「遅かれ早かれ入ることにはなるだろう。この状態じゃ内見に客を連れてくることもできんし、掃除もしなきゃならん」

「掃除もあたしたちがすんの……？」

「他の誰がしてくれるんだ？」

普通は空き物件の清掃などは業者に依頼するものだが、定期的に業者が入っているのならここまで埃が積もっているはずがない。

つまり、この物件は清掃業者さえ長らく入っていないということだ。会社としても、内見に客が来るわけでもない物件にコストはかけたくない、ということなのだろう。

――それにしても。

それなりに大きなこの家屋は、資料によれば、かつては漆を生産する農家だったのだという。麓の街には漆器を作る職人も多かったらしく、羽振りがよかったのだろう。古いながらも、この家屋にはその頃の隆盛が見て取れた。

しかし、漆器は大量生産の安い食器に押され、生産量を減らしていった。産業が下火になり、職人が減って、人口も減る。この地の漆器産業は立ちゆかなくなり、この家の漆農家も程なく廃業したのだろう。

その後、この民家は他人の手に渡り、何度か売り買いされてきた。しかし、近隣の過疎化が進むほどに物件としての価値は下がり、長く買い手がついていない。

――この家は、私に似ているな。

過去の栄華を偲《しの》ばせるだけの、厄介な物件。埃まみれになって誰からも顧みられることのないこの家は、閑職に追いやられた自分と重なって見えた。

「うーん、この山に珍しい鳥とかいたらこの家の価値になるかも？　あー、でも鳥見たいだけなら家買う必要はないか……」

光莉の呟きを耳にして、孝彦はハッと現実に引き戻された。

「まあ、今日のところはここまでにするか。今から戻っても社に着くのは夕方だろうし、なんの準備もしていないし」

「さんせー。ってか、次は汚れてもいい服で来る」

「それが賢明だな」

孝彦は引き戸を元に戻して、回れ右をした。

窓際部署とわかってはいても、現実を見せつけられれば車に戻る足取りが重くなるのは無理からぬことであった。

＊

会社からの帰り道にはよく居酒屋に寄る孝彦だったが、さすがにその日はそんな気分にはなれなかった。

コンビニで適当なおかずとおにぎり、缶ビールを一本買い、そのまま自宅へと帰った。


孝彦が住んでいる部屋は、賃貸のワンルームだった。

男の一人暮らしである。車一台分の駐車場と、部屋が一つあれば事足りる。

その部屋にも、そこまで多くの物はない。

ベッドとフロアテーブル、ノートパソコンが一台と、最低限の衣類。

テレビがあるが、ブルーレイやＤＶＤレコーダーの類はない。

棚には何冊か本も並んでいるが、その多くは仕事関係の資料だった。

他には、冷蔵庫や洗濯機、電子レンジなどの家電があるくらいで、殺風景な部類だろう。

目を引く物があるとすれば、壁に貼ってある何枚かの写真くらいか。

離婚する前に撮った家族三人の写真は、まだ孝美が赤ん坊の頃のものだ。一番新しいものでは、孝美が高校に入学したときの写真もある。これも、家族三人で校門の前で写したものだ。

家族写真以外にも、職場での写真もあった。イツイハウジングがまだ逸井工務店だった頃の、創業メンバーで撮った集合写真だ。

それらの写真が貼ってある一画だけが、もしかしたら孝彦の人生の集大成なのかもしれなかった。

見慣れた部屋の灯りを点けて、仕事で愛用しているカバンと、コンビニで買ったものが詰め込まれているビニール袋をフロアテーブルに置いた。

スーツの上着を脱いでハンガーに掛け、ネクタイを緩めると、着替えもせずに孝彦はフロアテーブルの前に座り込んだ。

ビニール袋から缶ビールを取り出し、プシュっとプルタブを引いて開け、そのまま直接口を付けてビールを喉に流し込んだ。

——苦いな。

少し顔をしかめる。

物件の見学から帰った後、孝彦は他の問題物件の資料にも軽く目を通していた。それらは、どれを読んでも気が重くなるばかりの代物だった。

――あの物件を客に勧められるか？

何度も何度も自問する。

常に答えは『ノー』だった。

営業マンとして、孝彦は常に「よい買い物をしてもらおう」「買った家に住むのでも、他の使い方をするのでも、幸せになってもらいたい」「買ってよかったと思ってほしい」と願いながら仕事を続けてきた。

家は一生のうちでそう何度もない大きな買い物である。だからこそ失敗しないようサポートすることを心がけたし、細かな要望にもなるべく対応しようと走り回った。そういうスタイルで顧客を増やし、信用を築いてきた。

もちろん、瑕疵のある物件を売ったこともある。家主が屋内で自ら命を絶ったような家である。

しかし、その場合もいくつもの優良物件を比較検討してもらい、事情も丁寧に説明した上で、何かしら強い客のこだわりで結果的に選ばれたに過ぎない。

――瑕疵のある物件だけを提示して買わせるなど……。

長く現場にこだわり続けてきたのは、仕事に誇りを持っていたからだ。仕事を通して、誰かの幸せをサポートしているのだ、という自負がその誇りの源だった。

しかし、果たして、瑕疵のある物件をなんとか売る、という仕事に自分は誇りを持てるのだろうか。

——辞めどきか。

イツイハウジングには恩も愛着もある。愛社精神も人一倍あるつもりだ。だからこそ、その会社で客を騙《だま》すような真似はしたくない。

壁の写真に目をやった。

若かった自分が、逸井工務店の面々と肩を並べて笑っている。あの頃は、難しいことなど考えずとも、「仲間たちの仕事は一流だから」と信じて、売ることだけを考えていればよかった。

社名が変わってからも、会社に全幅の信頼を置いて、品質は確かです、と胸を張って言えた。

しかし、今は……。

それとも、何かあるのだろうか。

両隣が倒壊しそうな物件や、不便すぎる山奥の一軒家のようなマイナスを補ってあまりあるプラスの要素が。

そんな活路を見出すことが、できるのだろうか。
もう一口、ビールをあおる。
やはり、いつもよりビールが苦く感じられた。

第三章　再販売促進室、早速の危機

朝、出社して孝彦が真っ先に寄るのは総務部である。まだ専用のオフィスをあてがわれていない再販売促進室は、毎朝、使用できる部屋を探してもらって借りる手続きをしなければならない。

ついでに言えば、営業車を借りる手続きも総務部である。

「すみません、押江さん。再販売促進室には部屋は貸すなとのお達しが出ていまして……」

いつも部屋を都合してくれていた総務部の女性が申し訳なさそうに言った。

「急にまた、それはどういう……？」

孝彦が首を傾げると、「押江さん、ちょっとこっちへ」と声がかかる。声の方を見やれば、見覚えのある若手男性社員が部屋の隅、資料棚の陰から手招きをしていた。かつて孝彦が指導をした記憶がある青年だ。名は、山田だったはずだ。

「失礼」

と応対してくれていた女性社員に断って、男性社員――山田の方へと歩み寄った。

「押江さん、昨夜社長が倒れて救急搬送されたことは聞いていますか？」

「な、それは本当か……？」

「社長の奥様も、創業メンバーのお歴々も、かなり焦ってしまっていて、気が回らなくなっているみたいですね」

「それはそうだろう。お見舞いに顔を出したいところだが……」

「気持ちはわかりますが、お見舞いは少し落ち着くまで様子を見た方がいいかもしれません。それより、問題は社内の方です。社員への影響を鑑みて、箝口令《かんこうれい》が敷かれたとも聞いています」

「ふむ……まあ、いずれ明るみに出るとはいえ、上層部が混乱しているうちはそうするしかないかもしれんな」

「でも、箝口令が敷かれてるといっても、創業メンバーの押江さんにまで秘密にしているのはちょっと悪意を感じますけどね」

山田が自身のことのように眉をひそめる。

「今、この会社の指揮を執っているのは岩田専務です。社長が不在の状況で、緊急措置として今朝から社長代理を務めているとか」

「なるほど、そういうことか」

岩田宗憲《いわたむねのり》。創業メンバーを除けば、一番の出世頭として孝彦も名前は聞いていた。対外的な交渉やコストカットで豪腕を振るい、創業メンバーを押しのけるようにして出世していった男である。

そして、表立って影響は出ていないが、創業メンバーに近しい社員と、岩田専務を中心とした反創業メンバー派のような立場の社員で少しずつ亀裂のようなものができはじめている、という空気は孝彦も感じていた。

「もしかして、我々に部屋を貸せないというのは専務の命令か？」

「おそらく。今日から再販売促進室のオフィスは第五倉庫とする、だそうです」

「確かに第五倉庫は瑕疵物件の資料が主に保管されている場所だが、オフィスにするにはいろいろ無理があるだろう」

「だから、嫌がらせじゃないかって思ってるんすよ、俺は。再販売促進室には営業車も使わせるな、って言われてますから」

「それじゃ仕事ができんだろう」

「させたくないんじゃないですか？　見え見えで露骨な追い出し工作ですよ。ホント、陰湿ですよね。おそらく、今日か明日には『成果を上げていない部署は解体し、リストラ対象とする』みたいなお達しが出ますよ」

「ずいぶん嫌われたもんだな。何度かあいさつを交わした程度の相手にそこまで恨まれる覚えもないいんだが」

「その辺の事情はわかりませんけど、気をつけてくださいね。この先、他にも嫌がらせはあるかもしれませんから」

「ま、もともと窓際みたいな部署だ。嫌がらせぐらいでは動じないさ」

「押江さんにはお世話になりましたから、俺もいろいろ情報を集めてみますね」

「おいおい。山田君こそ無茶をするなよ。変なことをして睨まれたら、今後働きにくくなるだろう」

「お世話になった押江さんを見殺しにしてまで残る気はありませんよ、多大な功績がある人をいじめて追い出すような会社に」

正義感に燃えるような山田の目に、孝彦は頼もしさとともに若干の不安も覚えていた。

「気持ちはありがたいんだがな」

「それから、営業車はダメでも、資材搬送用の古い軽トラがありますんで、必要なら今日はそれを使ってください」

「すまん、助かる」

自動車なしでは、物件を確認しに行くことも、営業回りに行くこともできない。なにしろ地方都市である。電車やバスの本数が少なすぎて、待ち時間や乗り継ぎの時間だけで用件の倍の時間がかかってしまう。

「あと、営業車などの会社の車が使えないことがあらかじめわかっている場合、つまりやむを得ず仕事で使うのならマイカーで通勤してもよい、と社則にあります。利用された前例はたぶんありませんけど、きちんと明文化されてるんで」

「わざわざ社則まで調べてくれたのか。重ね重ね、すまんな」

「いえ、俺にできるのはこれくらいで……」

「充分だよ、恩に着る」

感謝を込めて山田の肩をポンと叩き、笑って孝彦は総務部をあとにした。

――しかし、こんな窓際部署にまで露骨な圧をかけてくるとはな……。放っておいても無力だというのに、もしかして社長直属というのが気に障ったのか、あるいは創業メンバーで一番下っ端に見える私から始末する気なのか……。

どちらにせよ、あまりいい傾向とは思えない。

孝彦は難しい顔をして、足早に廊下を歩いて行った。

総務課を出て、孝彦は社長の恭一郎に電話をかけてみた。

言うまでもなく、恭一郎が出ることはなく、留守番電話サービスにつながる。

――倒れて搬送されたとなれば、それはそうか……。

孝彦はお見舞いの言葉を留守番電話サービスに吹き込んでスマホを仕舞い、……仕舞おうとして、今日は会議室が使えないことを思い出し、光莉のスマホに電話をかけることにした。

と、ちょうどそのタイミングで、イツイハウジング名義のアカウントからメールが届いた。全社員に一斉に送信されたメールだった。

『社員各位

毎日の業務、お疲れ様です。

社会情勢や市場の動向を踏まえ、急遽のことではありますが、各部署の仕事ぶりや成果についての確認と検証、査定を行うことといたします。

査定の如何によっては部署の解体や再構築、リストラ等の対象となる場合があります。

自身の働き方に不安がある場合は、今月中になるべく結果を出すよう心がけてください。

以上。

専務　岩田宗憲』

はあ、と孝彦は大きくため息を吐いた。

――まさか、山田君の予想がこんなに早く当たるとはなぁ……。

それにしても、あまりに性急というか、これでは横暴すぎるのではあるまいか。月が替わって間もないため、猶予《ゆうよ》はほぼ丸一ヶ月あるとはいえ、数ヶ月、半年と時間をかけて成果を出していくのが不動産業界である。家などただでさえ高い買い物なのだから、買う方だって時間をかけて慎重に検討するものだ。

すぐに売れと言われて、はいそうですかと簡単に数字が動くはずがない。

こんなことをいきなりやるようでは、反感を買うばかりだろう。専務が嫌われるのは勝手だが、そのヘイトが会社そのものにも向きかねないのは孝彦としても不安だった。

――いや、まあ、一社員の私が気にしても仕方ないか。

ともかく、今は部署の解体やリストラを避けるためにも、仕事に精を出さなければならない。

孝彦はメールを閉じて、光莉に電話をかけた。

『今日は会議室じゃなく第五倉庫前で集合だ』

と手短に伝えた。

そして、光莉と会うなり、孝彦は、

「今日から会議室は使えんそうだ」

と、聞いたばかりの真実を告げた。

「はあ？　何それ」

光莉が怪訝な顔をする。

「私に訊かれても困る。で、ここを使えとのことだ」

そう言って、孝彦は第五倉庫のドアを開けた。

「倉庫じゃん」

「そうだな。まあ、瑕疵物件の資料が主に収められている倉庫だから、我々の仕事にはすごく関係ある場所ではあるが」

「もしかしてうちら、嫌がらせされてる？」

「窓際だからな。その可能性はある」

埃っぽい室内の様子をチラリと見て、孝彦は中に入ることなくドアを閉めた。

「さっき会社から来たメールもなんか関係ある？」

「たぶんな」

「そっかー」

光莉は「うーん」と難しい顔をして数秒考え込んだ。

「おっさん、また物件の確認にでも行かね？　こういうときはさ、たぶん会社にいてもろくなことになんないと思うんだよねー」

「そうだな。変な嫌がらせをされるよりは、訳あり物件を見て絶望してる方がマシかもしれんな」

孝彦と光莉は古い軽トラを借り出して会社から離れることにした。

その古い軽トラを一目見て光莉は眉をひそめ、助手席に乗り込んでシートベルトを締めながら露骨に不機嫌な顔をした。

「こんなオンボロしか使わせないって、もう完全に嫌がらせじゃん！」

「最初から追い出し部署みたいなもんだったが、さすがにな」

車を発進させて、会社を出る。特に行く当てもないので、適当な物件に向かうことにするが、古すぎる軽トラにはカーナビすら搭載されていない。

仕方なく、方向だけ見当をつけて適当に車を走らせることにした。

「うちら、社長直属の特設部署って話だったじゃんか！」

「まあ、社長にはしばらくはのんびりさせてやろう、くらいの温情はあったのかもしれんが、どうやら社内のパワーバランスが崩れたらしくてな」

「え、何？　クーデター？」

「そんな言葉、よく知ってたな」

「馬鹿にすんなし」

運転中だというのに、光莉は孝彦の肩を小突いた。

「だがまあ、どうやらそれに近いことが起きているようだ。社長の健康状態がよくないとか、その隙《すき》を突いて社長のやり方を快く思っていないお偉いさんが上手いこと実権を握ったとか、そんな噂を聞いた」

「そいつがあたしらのことを気に入ってないってこと？」

「たぶんな。さっきのメール、あれは我々の部署を潰すために仕掛けられた罠だと思って間違いない」

「……再販売促進室が潰れたらあたしらはどうなんの？」

「クビ、リストラ、どっちの言い方が好みだ？」

「え、いや、それ困るんだけど！」

「まあ、他部署に再配属される可能性もあるが、コストカットしたがってる相手らしいから、そうはならんだろうなあ」

「マジで困る……。お母さんになんて言えば……」

シュンとした顔で凹む光莉を見て、孝彦は調子が狂いそうになってしまった。

それなら最初から反抗なんかしなければいいのに、と思う反面、セクハラやパワハラで傷ついたであろうことを考えれば無理もないこと、とも思う。

「そういえば、母子家庭だと言っていたな」

昨日聞いた話を思い出して、孝彦はポツリと呟いた。

「うん……。どうしよ、またお母さんに心配かけちゃう……」

自分の立場や損得より先に母親のことを考えている辺り、優しい子なんだな、などという思いが漠然と頭をよぎる。

——なんとかしてやりたいが……。

社内の二大勢力の権力争いの余波、となると、さすがに窓際部署の名ばかり室長の手には負えない規模の話である。

「ねえ、おっさん、どうしよう……。あたし、クビとか絶対ヤだ……」

「ふーむ」

自分から辞めることも視野に入れていた孝彦である。

だが、たった一人の部下が目に涙を溜めて「どうしよう」などとすがってくるのを見て、払いのけられるほど非情にはなれない。

それに、社内政治云々で職を失うなど、光莉にしてみれば完全なとばっちりである。

それは、許されていいことではない。

「一番わかりやすいのは、今月中に実績を上げることだ。メールにもあったが、イヤなら成果を出せ、と言ってきたわけだからな」

「つまり、物件を売れってこと？」

「そういうことだ」

「問題物件をすぐに売れとか、マジ絶望なんだけど……」

「だが、他の方法はたぶんもっと難易度が高い」

「例えば？」

「再販売促進室を潰そうとしているお偉いさんを失脚させる、とか」

「おっさん、それ、なんとかなんない？」

「無茶を言うな」

とはいえ、孝彦としても、このまま尻尾を巻いて逃げるのは癪《しゃく》に障る。再販売促進室として一件くらい契約を取って、鼻を明かしてやりたい、という気持ちは少なからず芽生え始めていた。

「とにかく一件、頑張ってみるか」

「でもさー、あんな物件、買う人なんている？」

「普通はいない。だから、普通じゃない人を探すしかないな」

「例えば？」

「それがわかれば苦労はない」

「だよねー」

光莉は背もたれに身を預けて大きく伸びをした。古い軽トラのシートが悲鳴を上げるようにギシリと鳴る。

「だから基本的には安くするわけだな」

「でも、安すぎるとみんな警戒して買わなくなるんじゃね？」

「買わなくなるというより、見てすらくれんのが困るな。どのみち訳あり物件の事情は説明しないわけにはいかん。だが、実際に見て気に入ってもらえれば、多少の事情は目をつむってくれる人もいる」

　例えば人が亡くなったとか、幽霊が出るとか、そんな話は気の持ちよう一つだと孝彦は考えている。その物件を実際に見て、大いに気に入る点があるのなら、気にならなくなる人も結構いるものだ。

「なるほど」

「まあ、それはいわゆる事故物件とかの場合で、両隣が倒壊しそうとか、山奥にポツンとある古民家なんてのはどうしようもないがな」

「うーん、両隣のあれはその両隣をどうにかしないと無理だもんね」

「そうだな。そして、そのどうにかが難しい。運良く持ち主が見つかっても、今の生活とはまったく縁がない家屋を、それなりの大金をかけて取り壊してくれるよう説得しなきゃならんからな」

「山奥のあれなら、欲しがる人も探せばいそうじゃね？　自給自足とか、山ごもりとか、なんかそんなのに興味ありそうな人とか」

「そういう人と巡り会えたら売れるかもしれんな」

「ってか、そういう人を探すしかないじゃん。何か物件のいいところを見つけて、それを推していくしかないと思うんだよね」

「だが、どうやって探す？　悪いが私には、そんな極端な取引相手をピンポイントで探すようなノウハウはないぞ」

「うーん……あたしもわかんない」

あーでもない、こーでもないと話し合いを続けるうちに時間は過ぎ、すでに正午になろうとしていた。

「とりあえず、飯にするか」

「さんせーい」

安そうな定食屋を見つけて、駐車場に車を入れる。

いかにも年季の入った薄汚れた食堂内は、昼時ということもあってそれなりに賑わっていた。幸い一つだけ空いていたテーブル席に二人で陣取り、所狭しとメニューの短冊が貼られた店内を見回す。

全体的に古さが目立つが、それだけに長く地元に愛されているような雰囲気が漂っている。客層も八割以上が常連客という雰囲気だった。

そして天井近くの棚には、最近ではなかなか見ることもなくなったブラウン管のごついテレビが鎮座し、お昼のワイドショーを垂れ流していた。

「あたしラーメン！」

「じゃあ、私はサバ味噌定食を」

店員が注文を取って奥へと戻っていく。

「ここ、安すぎー。ラーメン五〇〇円以下とか」

「確かに、今どきこの値段は珍しいな」

他の客が食べている料理を見ても、ボリュームもあって値段以上に美味しそうに見える。

「営業回りは、ときどきこういう良さそうな店に出会えるのも楽しみなんだ。昨日行った店も営業してて たまたま見つけたんだ。以来、すっかり常連だ」

「ふうん。つか、毎日外食って、財布にも身体にもよくないんじゃね？」

「正論すぎて返す言葉もないな」

「いえーい、勝ちー！　ま、今度はあたしのオススメの店、教えたげるよ」

「若い女の子が行きつけにするような店にこんなおじさんが入ったら、変な目で見られそうな気もするが……」

「へーきへーき。男の人も結構来てるし……」

光莉の言葉が止まった。

その視線は天井近くのテレビに注がれている。

「若井君、どうした？」

「おっさん、あれ」

テレビでは、芸能人が人が住めないほどボロボロの古民家を独力でリフォームする番組の宣伝が流れていた。どうやら今夜放映らしい。

「あれがどうした？　まさか、テレビ局や番組制作会社にあの山奥の物件を売り込みに行こうとでも？」

「それでもいいかもだけど、あれってもしかしたらもしかするかも……！」

光莉はスマホを取り出して、何やら慌ただしく操作し始めた。真剣な目で画面を見つめる様子に、孝彦はもう声をかけられなくなってしまった。

＊

食事を終えるなり、光莉は、

「おっさん、ちょっと向かってほしいところがあるんだけど」

と言い出した。

「まあ、特に予定があるわけじゃないから構わんが」

軽トラに乗り込み、光莉のナビに従って車を走らせること二〇分。到着したのは、県内でも有数の高級ホテルだった。

「あたしのオススメの店、このホテルにあるんだ」

「いや、ちょっと待ってくれ。さすがにこの軽トラでこのクラスのホテルに乗り入れるのは場違いすぎる」

そもそも、ホテルの駐車場に停めさせてもらえるかどうかも怪しい。

ホテルから少し離れたコインパーキングに駐車して、二人は軽トラから降りた。

「それにしても、高級ホテル内の店って、ホテルに負けず劣らず高級なんじゃないのか？」

ホテルまでの道を歩きながら、孝彦は訊いた。

「それはそうだけど、ここのラウンジのカフェって平日限定でケーキバイキングやってんだよねー。一流店のケーキが一人二五〇〇円で食べ放題とか、超お得でしょ？」

普段ケーキなど食べない孝彦にとっては、お得かどうかかなり迷う価格設定である。品質を考えれば安いのかもしれないが、そもそもお茶やケーキに一回二五〇〇円は決して安いとは思えない。

「まあ、あたしは一回も食べたことないんだけどね！」

「待て。オススメの店じゃなかったのか」

「オススメだけどー、常連だとは言ってないし。超お得とはいえ、二五〇〇円は安くないしさー」

「それは単に来てみたかった店じゃないのか」

「正解！」

「まったく……。しかし、昼飯を食ったばかりでなんでここに来る必要があるんだ？」

「ここでお客になるかもしれない子と待ち合わせしたから。おっさん、ここの代金って経費で落ちる？」

「お客さんとの打ち合わせだとしても、難しいと思うな。話すだけなら喫茶店でコーヒーでも頼めばこと足りるわけで」

「えー」

「というか、調べ物してるだけじゃなかったのか」

「あたしら、基本連絡は通話じゃなくてＳＮＳだし」

「まあ、わかった。とりあえず今回だけは私が出そう。商談がまとまれば、もしかしたら経費で落としてもらえるかもしれん」

「やった！　おっさん、太っ腹ー！」

光莉が孝彦の腕に抱きついてきた。

「こらっ！　冗談でもやめなさい！」

慌てて、孝彦は光莉を振り払った。

「なに、おっさん照れてんの？　かーわいー」

光莉は軽いノリで茶化すが、孝彦の立場からしたら冗談で済む話ではない。

「今はそういうことは些細なことで大事になるんだ。ましてホテルの近くでとか、下手をすれば一発でアウトだぞ！」

「気にしすぎじゃね？」

「嫌がらせや追い出し工作をされてるかもしれないってときに楽観しすぎだ。今の瞬間を写真にでも撮られたら、業務中にホテルで不適切なことをしていたとか言いがかりをつけられて、クビにする口実を与えることになりかねない」

「え。マジで？」

「勤務時間中に会社の車を使ってホテルに行ってた、なんて印象は最悪だろう？」

「う、そう言われると、確かにそーかも」

「それに、そういう態度は男を勘違いさせる原因になる。若井君自身のためにも、そんな真似は冗談でもやめなさい」

「……はーい」

孝彦の言葉に納得したのか、光莉は素直に返事をし、孝彦から距離を取った。

「とにかく、約束してしまった以上は仕方ない。今後は待ち合わせの場所選びにも少し気を遣ってくれ」

「はいはい。とにかく、早く行こ。お客さん待たせるのもアレだし」

ホテルのエントランスに向かう光莉の軽い足取りを見る限り、孝彦にはどうしても「ケーキ食べたい」という欲望が丸見えに思えて仕方なかった。


ケーキバイキングに並ぶ色とりどりのケーキは、甘いものをあまり食べない孝彦にとっては、見ているだけで胸焼けしそうな光景だった。

幸い、コーヒーや紅茶もおかわり自由で、隅っこの方にサンドイッチのような軽食も用意されている。

欲望のままにケーキを取りまくる光莉をよそに、孝彦はブラックのコーヒーとツナのサンドイッチを二切れほど取ってテーブルについた。

「おっさんそれだけ？　たくさん食べても値段一緒なのに」

そう言う光莉は、ガトーショコラやらモンブランやらチーズケーキやら、いきなり五個ものケーキを確保してのご帰還である。

「むしろ昼飯を食った後に、よくもそれだけ食べられるもんだと感心するよ」

「別腹だしー」

身体に悪い食べ方をしているのは一体どっちなのか、というツッコミを飲み込んで、孝彦は、

「それで、待ち人というのはまだ来ていないのか？」

と尋ねた。

「うん、まだみたい……あ、来た来た！」

光莉は入り口に向かって手を振った。

手を振り返してきたのは、光莉と同年代の女性だった。光莉に比べると、恰好は少しおとなしめな印象を受ける。長い髪も黒いままだし、爪もナチュラルな色合いだ。服装もお嬢様然とした上品なコーディネイトにまとまっている。真っ白い肌がどこか弱々しく、自然と庇護《ひご》欲をかき立てられるようなタイプだった。

同じ若い女性でも、光莉とはずいぶんイメージが違う、共通点は、光莉に負けず劣らず整った顔立ちをしている、ということくらいだろう。

「夏希、おひさー！」

「ええと、お、おひさー。光莉ちゃん、ホントに就職したんだね」

小走りで近寄ってくる様にも、品のようなものがある。なんだか光莉とはずいぶんタイプが違う人間に見えるが、光莉と目が合った瞬間の表情を見れば、仲の良さは一目で理解できた。

清楚、という言葉が自然と孝彦の脳裏に浮かんだ。

「この人、今のあたしの教育係っていうか、上司？　みたいなヤツね」

それは紹介しているつもりなのか、と思いつつ、孝彦は、

「押江です」

と名乗って頭を下げた。

「彼女はあたしの読モ時代の友達で、多久見夏希《たくみなつき》ちゃん。美人でしょー？　おっさん、惚《ほ》れないようにね」

紹介されて、黒髪の彼女――夏希は孝彦に深々と頭を下げた。

「ちょっと待ってくれ。惚れる云々は軽口として聞き流すとして、なんだ、読モって。それはあれか？　いわゆる読者モデルというヤツか？」

「おっさん、よく知ってたじゃん」

「これでも高校生の娘がいる身だからな。聞いたことくらいはある。若井君、君にそ

んな経歴があったのか？」

「まあ、高校生の頃、バイト程度にね」

「その路線で進路を決めるという選択肢もあっただろうに……」

孝彦の言葉に、光莉はあからさますぎるくらい大きなため息を漏らした。夏希も何やら意味ありげな苦笑を浮かべている。

「おっさんさあ、読モのギャラっていくらくらいか知ってる？」

「いや……しかし、モデルと言うからにはそれなりに出るんじゃないのか？」

光莉は「おっさんわかってねー」という顔をした。

夏希も苦笑いである。

「まあ、半分芸能人扱いのトップモデルならそうかもだけど、普通は撮影一回で何千円とか、一万円に届かないくらいかなー。それが大体月に二、三回」

「しかも、月に何度撮影に呼ばれるかは不安定ですし、ここみたいな地方都市からだと、首都圏まで撮影のために出たらたいていは赤字になります」

夏希が丁寧な口調で補足してくれた。

「そんな程度なのか……」

「そりゃ、ちゃんとしたモデル雇うと高く付くから読者から募ってるわけだし」

「どこの業界も世知辛いな」

「それでもやりたがる子は多いんです。もしかしたら有名になれるかも、チャンスをつかめるかも、って」

うーむ、と孝彦は黙り込んでしまった。

「まあ、そういうのやってると地元でもヘアサロンのカットモデルとか、ちょっとしたお仕事が舞い込んだりするから、あたしは赤字出さずにやってこれたけど、読モで食べてくとか無理無理。ね、夏希ちゃん」

「はい。それができたら一番なんですけどね……」

「華やかな世界も、内情は厳しいんだな」

「そーなんだよねー。あ、夏希ちゃん、せっかくだからケーキ取ってきなよ。バイキングだよ、食べ放題だよ、おっさんの奢りだよ！」

「じゃあ、お言葉に甘えて……」

優雅に一礼して、夏希はケーキが並んでいるバイキングエリアへと向かう。その背中を目で追いながら、孝彦は、

「で、彼女が顧客になるのか？」

と小声で聞いた。

「それはこれからの話次第じゃね」

自分でセッティングした場だというのに、まるで他人事のような調子で光莉は言う。

「あのね、彼女、最近は読モだけじゃなくて配信者も始めてるんだよねー」

「配信？　それはあれか、ネットで動画とかを投稿したりする……」

「そう、そんなヤツ。でも、そっちも伸び悩んでるみたいでさー。だから、あの山奥の一軒家を使って企画やってみない？　って話をしに来たわけ」

不安げな孝彦をよそに、光莉はにやりと不敵な笑みを浮かべて、モンブランを豪快にパクリと食べた。


フルーツたっぷりのロールケーキと特製シュークリーム、それと紅茶を手に戻ってきた夏希を交えて、仕事の話が始まった。

「山奥の古民家を私がリフォームして、その様子を動画に収めて配信する、というわけですか……」

「そう。夏希ちゃん美人だし、企画さえ面白ければ絶対人気出ると思うんだよねー。でさ、なんていうの？　ＤＩＹ？　的な企画の動画って、いくつか探してみたけど、結構人気あるっぽいからさ！」

「でも、私にできるでしょうか……？」

確かに、と孝彦もうなずいた。華奢《きゃしゃ》で非力そうな印象の夏希に、独力で古民家を修繕するようなことが本当に可能なのか。

「ポイントはそこだってば！　そんなのやれなさそうなヤマトナデネコがやるからギャップになるんじゃん！　あたしとおっさんも手伝うし！」

「大和撫子《やまとなでしこ》だな。まあ、うちの会社は元々工務店だし、ノウハウはある。頼めば教えてくれるかもしれない職人に心当たりもある。とはいえなあ……」

孝彦は腕組みをして考え込んでしまった。

何しろ、前例がない。買い手にそこまで干渉していいのか、という問題もある。

「建物に手を加える以上、物件を買ってもらうしかない。当たるかもわからん企画のために家を買う、というのは多久見さんにも荷が重いのでは？」

「はい……。企画としては確かに受けそうな要素も多いですけど、恥ずかしながら、お金はないので」

夏希が自嘲《じちょう》気味に笑う。

孝彦はコホン、と一つ咳払いをして夏希を見据え、背筋を伸ばして、顧客に対するモードに切り替えて喋り始めた。

「まず、個人的な見解としては、家は住むために買うのが本質です。事業に使う、資産として保持するような場合もありますが、それはあくまで金銭的に余裕がある人の選択肢だと思います。住むためにローンを組んで買う、というのならともかく、企画のために借金してまで買う、ということには反対です」

「お客様の要望でも？」

ムッとした顔で、光莉が反論した。今にも噛みつきそうな剣幕である。

「そうだ。お客様に無茶をさせるのはいいことではない。リスクについてはきちんと把握していただく、これも大切なことだ。お金を貸してくれる相手がいるかどうかはさておき、借りられたとしても大きな借金を背負うことに違いはないんだぞ」

「だからさー、それは動画なり配信がバズれば全部ＯＫじゃんか！」

「それが博打だと言っているんだ。バズらなかったらどうする？　残るのは住むのにさえ難儀するような古い家と借金だけなんだぞ」

「でも、夏希ちゃんだって配信者として伸び悩んでて困ってるし、あたしたちも崖っぷちで困ってるワケじゃん。どっちにとってもメリットは充分だってば！」

「それは認めるが、お客様に一方的にデメリットを背負わせるのがどうなのか、と言ってるんだ、私は」

うー、と光莉が犬のように唸りながら孝彦を睨む。

しばし、そんな睨み合いが続き、オロオロしながら夏希が二人を見比べる、という時間が続いた後、「あ」と声を出して光莉が緊張状態を解いた。

「あれ？　夏希ちゃんの家って超お金持ちじゃなかったっけ？」

「それは、まあ……」

歯切れ悪く、夏希はモゴモゴと口の中で何かを呟いて下を向いた。

「親御さんに出してもらえる、というなら話は違ってくるが……。いや、ちょっと待ってくれ。多久見？　まさか、多久見製菓の……？」

多久見製菓といえば、県下で有数の大企業である。県内どころか、全国どこのスーパーでも商品が並んでいる。最近では海外での業績も伸びているらしい。地元産の米を使った米菓各種を軸に、子どもからお年寄りまで幅広く愛されるお菓子を手広く展開している超優良企業だ。

「……はい。私の父は、多久見製菓の経営者です」

その声は相変わらず消え入りそうな弱々しさだったが、孝彦としては希望の光が見えた思いだった。

「そういうことなら、まずは親御さんの説得に――」

「いえ、待ってください」

顔を上げて、夏希が言った。

「確かに我が家には資産がありますが、それは祖父母や両親が築いた財産です。私には一切関係ありませんし、このお話でも実家に頼るつもりはありません」

きっぱりとした物言いにも、真っ直ぐな眼差しにも、いい大人の孝彦でさえ怯んでしまいそうなほどの強い意志が感じられた。

「それは、どうしてまた？」

「私がアルバイトをやったり読モをやったり配信をやったりするのは、私一人の力で自立したいからです。たとえ借りるのが名前だけでも、頼ってしまったら意味がないんです」

「立ち入ったことをお聞きしますが、何か事情が？」

「事情というほどのことではありません。両親が私に望んでいるのは、会社の後継者を婿にとってくれればそれでいい、ということです。後継者を一族に引き入れるための道具であれ、なんて面白くないじゃないですか。私の個性とか能力とか、なんにも見ないでその役目だけを押しつけようとしてるんです」

「マジで⁉　え、それひどくね？　江戸時代かっつーの」

怒りにまかせてモンブランにフォークを突き刺し、光莉が言った。

「ですから、配信で使う機材やパソコンも全部自分で稼いだお金で揃《そろ》えました。今後の活動にかかる費用も、自分で捻出《ねんしゅつ》します」

「なるほど……。いや、しかし、そういう事情があるなら、自分で払うにしてもご実家はその活動自体に反対されるのでは？」

「かもしれません。でも、一個人として私が私の責任において活動することを、親だからってやめさせる権利なんかありませんよね？　別に違法なことをしているわけでもありませんし」

「それはまあ、そうですけれど」

大企業を敵に回す、というのは好ましいことではない。異業種とはいえ、地方都市の狭い世界では何かと関わりがあることも少なくはない。

「大丈夫です。今のところ、両親のスタンスは『好きにしろ』です。どうせ世間知らずの小娘にはなんにもできやしない、最終的には実家に戻るしかない、って思ってるんですよ。ホントに腹が立ちます……！」

「なるほど……」

おそらくは、ネットで配信をやる、というのも苦肉の策というか、限られた選択肢から選ばざるを得なかったのだろう。

自立するなら一番手っ取り早いのは普通に就職することだ。しかし、アルバイト程度ならともかく、就職となると、雇った側も大企業の経営者一族の不興を買うことになりかねない。

だから、彼女は自らの力で身を立てるしかなかった。そのために読モをやってチャンスを探したり、配信で人気を得ようとあがいているのだ。

――若井君と馬が合うわけだ。

最初は孝彦には正反対のタイプに見えていた二人だが、今となっては似ている、と思い始めていた。

特に、芯の強さが。

「わかりました。そういうご事情なら、多久見さんのご実家を当てにするという案はなしで考えましょう」

「ありがとうございます」

夏希は頭を下げた。

「いえ、お客様のご事情を考慮するのは当然のことです。しかし、となると、また話は振り出しに戻ってしまいますね」

「ですよね……」

夏希が肩を落とした。

「読モも配信者も、信用がない立場であることは理解しています。私がお金を借りること自体、相当難しいってことですよね」

「そうなります。どちらも立派な職業だとは思いますが、安定性には欠けます。人気商売ですから、チャンスをつかめば収入が何倍にもなることもあるでしょうが、翌年に同じ稼ぎがあるかはわからない。これは貸す側にとってとても怖い要素です。まあ、配信者に限らず、ベストセラー作家でさえ長期ローンとなると敬遠されるものですが」

「……」

訪れた沈黙が重い。

孝彦がお茶に手を伸ばすことさえためらい、夏希もうつむいてしまった暗い雰囲気の中、光莉だけがケーキをむさぼっていた。

「んー、でもさ」

咀嚼《そしゃく》していたケーキを飲み込んで、光莉がフォークで夏希を指しながら言った。

「それってさ、夏希ちゃん的には、お金さえなんとかなれば企画には乗り気だってことじゃね？」

「それは、まあ……」

曖昧に、夏希がうなずく。

「その決心が付いたなら、大きな進展だと思うんだよねー。おっさん、おっさんのコネでお金はなんとかなんない？」

「無茶を言うな。お金さえって、そこが一番難しい問題だろう。うちだって商売なんだし、損を覚悟で動くのは難しいぞ」

「だからさー、動画とか配信がバズったら収益とか出るでしょ？　そしたら払えるじゃん！」

「何を聞いていたんだ。配信がバズったらって、そんな博打みたいな条件で金を貸してくれる相手はいない、ってことを話していたんだが？」

「そこは、あたしたちも手伝って何がなんでもバズらせるんだってば！　おっさん言ってたじゃん。教えてくれる職人さんに心当たりがあるって。しかもさ、動画で知名度が上がれば、他の物件に興味を持ってくれる人が見てくれるかもしれないんだよ？　うちらとしては、物件の品質でプッシュできないんだから、こういう物件売ってます、っていっぱい知ってもらわなきゃダメなワケじゃん！」

「う、うむ……」

前提に問題こそあるものの、思った以上に光莉もいろいろ考えていることがわかって、孝彦は少し気圧されてしまった。

「あの、私からもお願いします」

ケーキに手もつけず、山奥の一軒家の資料や、昨日行ったときに光莉が撮った写真などを確認していた夏希がおずおずと手を上げた。

「不安がないとは言いませんけど、私、できるなら是非やってみたいです。光莉ちゃんの言うとおり、企画としては面白いと思います。今の私のキャラとのギャップもありますし、不慣れな私が苦労したり、成長する姿を面白いと感じてくれる視聴者は必ずいると思うんです。なんとかお知恵を貸していただけないでしょうか」

「よしきたァ！　ほら、お客様乗り気だよ！　あと一押し、おっさんなんかアイデア出してよ！」

「無茶振りがすぎるぞ……」

再び、孝彦は考え込んだ。

ギャンブルのために借金をする、ということに賛同はできない。しかし、夏希の話を聞けば、応援してあげたい、という気持ちも確かに孝彦の中には芽生え始めていた。

「話は前向きに進めていくが、基本的に私は借金することに対しては反対だ」

「おっさん、頑固すぎ！」

「当たり前だろう。借金を返しながら生活していくというのは、決して楽なことではないんだ。乗り気にはなれんよ」

「でもさ、このくらいの無茶をやんないとあたしもおっさんもクビでしょ！　それでいいの？　ギリギリまであがこうって思わねーの？」

「それはお客様には関係ない話だ。だが、多久見さんの事情も考えれば、確かに若井君の言うようにリスクを背負ってでも勝負に出る必要がある、というのは理解できる」

「ありがとうございます」

夏希が小さく頭を下げた。

「とりあえず、銀行に大学の頃の先輩がいるから、断られる覚悟で相談してみよう。アポイントメントを入れてみるから、その間に君たちはケーキを食べてしまいなさい」

席を立って、孝彦は電話をかけるべく化粧室へと向かった。

ローンを組むには、通常、保証人がいる。夏希の事情を聞く限り、夏希の両親や家族が保証人を引き受けるとは考えにくい。

孝彦が言うより、銀行で専門家にその点を指摘された方が諦めもつくだろう。

だまし討ちのようで少し気が引けたが、それでも、若い女の子に借金を背負わせることに、孝彦は賛同できなかった。

肩越しにケーキをもりもり食べる光莉を見て、もうなんとかなった気でいるのか、とため息を漏らした。

＊

新飛鳥銀行は、イツイハウジングのメインバンクであり、孝彦たちが住む県では大手の地方銀行である。

その銀行のとある支店を取り仕切っているのが、孝彦の大学時代の先輩だった。

銀行の駐車場に軽トラを停めて、車を降りる。助手席に二人でギュウギュウ詰めになっていた光莉と夏希も降りてきて、しきりに伸びをした。

「でも、支店長って今日電話して今日会ってくれるもんなんだねー」

「そんなわけあるか。先方が気を利かせてスケジュールを空けてくれたんだ」

「え、うそ、もしかしておっさんってすごい人？」

「私はすごくないが、これから会う人は本当に偉い人だからな。無茶なお願いをしに来たんだから、くれぐれも失礼のないように」

銀行に入り、孝彦は受付の行員に名前とアポイントメントがあることを告げると、すぐに奥の応接室へと案内された。

「銀行ってこんな部屋があったんですね……」

「マジびっくりなんだけど！　おっさん、実はマジでＶＩＰなの？」

目を丸くして、光莉と夏希はキョロキョロと豪奢な室内を見回している。

「そんなことはない。会ってくれる人が偉いから、その立場に合わせるとこうなるんだろうさ」

そんな会話をしていると、ドアがノックされ、

「失礼するよ」

という穏やかな声とともに、孝彦と同じくらいの年齢の紳士が部屋に入ってきた。

「先輩、ご無沙汰しております」

孝彦はその紳士に深々と頭を下げた。それを見て、光莉と夏希も慌ててそれに倣う。

「はは、よしてくれ、押江君。俺が支店長になれたのは君がたくさん契約を取って、ローンを組む客をこっちに流してくれたからじゃないか」

紳士――支店長は孝彦に歩み寄り、肩に触れて頭を上げさせると、

「さあ、かけてくれ。お嬢さん方も、遠慮せずに。今何か飲み物を持ってこさせよう」

と全員にソファを勧めた。

全員が座り、運ばれてきた紅茶を一口飲んで、孝彦はこれまでの経緯を支店長に包み隠さず話して聞かせた。

「なるほど、そんな事情が」

紅茶を飲みながら聞いていた支店長は、カップをソーサーの上に戻して深くうなずいた。

「しかし、解せないね。押江君の会社は不動産関係じゃないか。一件一件の金額が大きい業界だし、半年や一年くらいの不振など誤差のようなものだと思うのだが。そんなことで長年の功績がある君を閑職に追いやるなんて、まして窓際部署で急ぎ結果を出さないとリストラする、なんておかしくないか?」

「はあ。自分では功績はそれなりにあるつもりでいましたが、会社的にはそれほどでもなかったのかもしれません」

「さすがにそれは自己評価が低すぎるというものだ。話を聞く限り、社長さんの意図は言葉通り押江君の長年の功績に報いるために楽をさせてやろう、という厚意だろうね。ただ、前線で働き続けたい押江君の意志を読み違えて誤解を与えてしまったんじゃないかと思う。それだけなら笑い話で済む行き違いだが、問題はその後の社内の派閥争いに巻き込まれてしまったことだな」

「弊社のいざこざなのに、先輩に頼ってしまって申し訳ありません」

「いや、むしろ嬉しいよ。さっきも言ったが、俺も押江君には感謝しているんだ。恩返しくらいはさせてもらわないとね」

にっこりと笑って、支店長は一同の顔を見渡した。

「やった！　さすがおっさんの先輩、話がわかるじゃん！」

光莉がガッツポーズをする。

「こらっ、そんな言葉遣いがあるか！」

思わず声を荒らげてしまった孝彦だったが、

「ああ、構わん構わん。初対面の相手の前でも物怖じしない度胸は、長所として見てあげるべきだろう」

と支店長本人に言われては、それ以上怒るわけにもいかなくなってしまった。

光莉はといえば、ムッとした顔で孝彦を睨み、ベー、と子どものように舌を出した。

「さて、話を続けていいかな？」

支店長に言われて、孝彦も光莉も姿勢を正す。

「話を聞く限り、住宅ローンを考えているようだが、実は住宅ローンを扱う部署からは今は離れていてね。支店長の立場でも、ごり押しをするのは少し難しいんだ。どちらかというと、事業に融資する部署の方が顔が利く」

「しかし先輩、起業のための融資となると住宅ローンより審査が厳しいのでは」

「それはその通り。特に動画配信が主な業務となると、ある程度の実績があっても事業計画の内容が完璧でもなかなか通してもらえないだろう」

光莉と夏希の表情が曇る。

「例えば補助金や助成金という選択肢もある。日本政策金融公庫の創業融資や、地方創生に関しては自治体も助成金を出してくれたりするが」

「国や県がお金を出してくれるということですか？」

夏希の問いに、支店長はうなずいた。

「まあ、公募に申し込んだりする必要はあるがね」

「しかし、都合よく今公募をしていたりするものですか？」

孝彦の問いに、支店長は首を横に振った。

「いいや。次の公募がいつになるかもわからないし、自治体の助成金にしても、申請してから一年や二年待たされてからの入金になる、なんてこともざらだと聞く」

「そんなに時間がかかるんじゃ意味なくね？」

「一ヶ月で結果を出せと言われているからな。だが、助成金なら返済の必要はない。我々の都合を考えなければ、多久見君としてはそっちの方が都合がいいはずだ」

「いえ、お二人に手伝ってもらえないんじゃどうにもならないと思います……」

「だろうね」

支店長はそう言ってうなずき、その後に微笑んだ。

「だが、一つ提案がある。今、新飛鳥銀行では地方創生に力を入れようという気運があるんだ。やはり地方銀行にとっては、地元の活性化が何より望ましいからね。だから、町おこしや村おこしといった内容を絡めていけば大いに可能性がある。地域振興に関わる事業を動画や配信も駆使してアピールしていく、ということならね」

「地域振興ですか……」

今ひとつピンと来ず、孝彦は首を傾げた。ただ、協力するにも方便がいるから、その要件を整えてくれ、と言われていることは理解できた。

「とりあえず、役所に行って担当者に話を聞いてみるといい。俺の方から、君たちが行くと役所の知り合いに連絡を入れておこう。それで話がまとまったら、また来てくれたまえ」

それで孝彦たちは応接室を辞して、役所に向かうことになったのだった。

*

移動の車中、狭い軽トラックの助手席にまた女性二人にぎゅうぎゅう詰めになってもらうほかない。

そんな状態で快適性が保たれるはずもなく、役所に着くまで光莉も夏希も黙ったままだった。

到着し、車を降りると、夏希は清々しい顔で大きく伸びをした。

光莉も肩をぐりぐりと回して身体を解しているが、顔は仏頂面のままだった。

「狭くてすまんな。いつもの営業車を使えれば、こんな窮屈な思いをさせることもなかったんだが」

「いえ、私は乗せてもらえるだけで助かってますから」

夏希は恐縮した顔をした。

が、光莉は特に何も言わずに市役所の入り口へと向かって歩き出す。

その様子がどうにも苛立たしげで、孝彦は首を傾げた。

「何か怒らせるようなことを言ったかな？」

小声で夏希に訊いてみる。

「さあ……」

夏希も首を傾げるばかりだった。


「町おこし課の谷村です」

若い男性の市役所職員はそう名乗った。若いと言っても、おそらくは三〇代半ばくらいであろうか。すっかり高齢化にさらされたこの辺りでは、三〇代でもまだまだ若手扱いである。下手をすれば、孝彦の歳でも若造と言われてしまう。

案内された小さな会議室で席を勧められ、お茶を出された。

座る前に、孝彦は自己紹介とともに名刺を差し出した。谷村も同様に名刺を出し、交換する。

まだ名刺がない光莉はあいさつだけして、全員が席に着いた。

「ある程度の事情は新飛鳥銀行の支店長さんから伺っています」

「早速ですが、地域振興の事業としてお墨付きをいただくには、どのような条件が必要ですか？」

孝彦が訊いた。

「実のところ、ちょっと珍しいケースなので判断しかねているところなんですが」

谷村は困ったように笑った。

「通常、地域振興事業をやりたいという方は、助成金を得るためにここへ来るわけです。でも、そちらの希望はそういうわけではないんですよね？」

孝彦たちは顔を見合わせた。

「ええと、助成金を出してもらえるなら助かりますけど……」

小さな声で、少し申し訳なさそうに夏希が呟く。

「とはいえ、助成金を出してもらうとなると、入金まではかなり時間がかかると聞きましたが」

「もちろんです。事業計画書の審査もありますし、結論が出るまでは一年くらいはかかるでしょう。そもそも審査が通るかどうかという問題もあります」

孝彦の問いに、谷村はそう言って深くうなずいた。

「じゃあ、お金は要らないかな」

光莉が言った。

「それならハードルは下がりますが、とはいえ動画配信だけでは少し弱いと申しますか、地域振興につながるかどうかがわかりづらいですね」

「例えば、地元の名産品や特産品を高頻度で登場させるとか、そういうことではダメでしょうか？」

そう提案したのは夏希だった。

「しかし、動画の内容は古民家の独力での改装ですよね。本筋に関係ないというか、アピールとしても弱くないですか？」

「それは……確かに」

夏希がうつむいて考え込んでしまう。

「例えば、なんだけどさ」

今度は光莉が口を開いた。

「古民家を住めるように直すってだけじゃなくて、そこで古民家カフェとか古民家レストランをやるとか、そういう感じだったらどう？」

「ああ、なるほど。それなら地元の食材を登場させることも必然になりますし、動画だけではなく人を呼べる産業を目指す、というのならお題目としては充分です。ただ、立地が立地ですから、問題は商売が成り立つのか、という点ですね」

「光莉ちゃん。立地の問題もあるけど、私、他人様に出せるようなお料理を作れる自信なんかないよ……？」

「それはほら、これから練習してもらって」

「飲食店をやるには許可も必要だし、さすがにそんな泥縄方式では行政が地域振興事業とは認めてくれんだろう」

「そうですね、少し難しいかもしれません。でも、考え方は悪くないと思います。事業としてやるからには、持続性が欲しいですからね。一瞬だけ目立っても、地域振興とは言えないので」

動画配信のネタになり、人手がかからず、継続できる商売になりそうな事業……。

孝彦は考え込んで、思案を巡らせた。

あの土地で、あんな山奥で人を呼べる産業とはなんだろうか。まさか漆産業を復活させることができるわけでもなし、あるのは木々と山ばかり……。

「うーむ、あんな山で何ができるんだろうな」

「山かー」

光莉はうーんと考え込み、ハッとした顔でポンと手を打った。

「山でできること！　キャンプだ！」

「それだよ、光莉ちゃん！」

光莉の言葉に、夏希が身を乗り出して叫んだ。

「キャンプ！　いいじゃないですか、キャンプ！　今、キャンプってずっとブームが続いてるんですよ！　キャンプ系の動画配信をして伸びまくってる配信者もたくさんいます」

「知ってるー！　キャンプやり始めて人気が再燃した芸能人とかいたよねー」

「はい、一番有名なキャンプ系配信者ですね。芸能人出身じゃなくても、アウトドア系はかなり人気が安定したジャンルなんです」

そう説明しながら夏希は一同の顔を見回し、言葉を続けた。

「土地自体は結構広いんですよね？　だったら、古民家の改装と、周囲をキャンプ場として開拓する様子を動画にすればいいんです！」

「敷地に関しては、一二〇〇坪あります。古民家もだいぶ大きいですが、きちんと草を刈って整備すれば、一般的なテントなら八から一〇くらい張っても各々が焚き火やバーベキューをするスペースも確保できると思います」

孝彦が補足した。

「なるほど、それはいいですね。確かに、今はキャンプやグランピングがブームになっていると聞きますし、その手のアウトドアは流行が終わっても一定のコアな客が残り続ける印象があります」

谷村がそう言いながらうなずいた。

「グランピング？　って何？」

光莉が首を傾げる。

「グラマラスとキャンピングを組み合わせた造語です。直訳すると魅惑的なキャンプですが、要はテントの設営や食事の準備を施設側に任せて、手軽にアウトドアの楽しいところだけを体験する、というレジャーの形式ですね」

谷村の説明に、夏希が不安げに眉根を寄せた。

「それってつまり、宿泊や食事はキャンプ場側が提供する、ってことですよね？　さすがに私一人で宿泊の環境まで整えたり食事まで出すのは難しいと思うんですけど……」

「まあ、その辺はおいおい考えればいいんじゃないか？　まずは全部自分でやってもらうキャンプをやる場所として解放して、それが軌道に乗ったら手を広げるとか。経営が上手くいってるなら、調理師を雇ったり、ケータリングサービスと提携するような手段もあるかもしれない」

見通しが明るくなってきたことを感じながら、孝彦は夏希をなだめるように言った。

「そうですね。さしあたり古民家の一部をキャンプ場の管理事務所として使えるように改装して、余裕があれば何部屋か宿泊用に使えれば恰好は付くと思いますが……。とはいえ、自分たちでテントを張って勝手に自前で食事をしてくれるキャンパーたちが集まってくれた方が楽ではありますし

先ほどから、キャンプ場の方向で谷村はかなり乗り気に見える。

「キャンパーも千差万別ですからね。全部自分たちでやらないと気が済まない本格派の人もいれば、近くに食事ができる施設があるなら利用しようとか、キャンプ場で食材を用意してくれるプランがあるならそれでいいとか、わりとカジュアルな人たちも大勢いるんですよ。古民家カフェや古民家レストランが近くにあるなら、利用してくれるキャンパーもそれなりにいると思いますよ」

「谷村さん、お詳しいですね」

孝彦の言葉に、谷村は照れながら頭を掻いた。

「実はプライベートで結構興味がありまして、いろいろ調べたり道具を揃えたりしていたところなんです」

「なるほど」

そんな都合のいい偶然があるのか、と孝彦は内心驚いていた。担当者の趣味と事業の内容がドンピシャなのだから、好感触に決まっている。

どうやら今回、光莉には、なにげない思いつきの一言で流れを引き寄せるようなツキがあるらしい。

「あたしキャンプ場のこととかよく知らないんだけど、先のことを考えたら、キャンプ場を広げる必要も出てくるんじゃね？」

「そうですね。キャンプ場として運営するなら、最大一〇組ではちょっと物足りないかもしれません」

光莉の言葉に、谷村がうなずいた。

「ふむ……。おそらく周辺は山林扱いなので、弊社としては専門外なのですが……、折を見てちょっと調べておきましょう。元漆農家らしいので、農地扱いだとちょっと面倒な気はしますが」

「そもそも、周りの土地って誰のものかわかんの？」

光莉が首を傾げた。

「それは問題ない。土地は法務局に登記されているから、その情報を取得することはできる。有料だし、場合によっては所有者が亡くなっていて今は誰の土地なのかわからない、なんて場合もあるが」

「あー、ボロい空き家とおんなじケースだ」

「そういうことだな。誰のものかわからなくなっているとかなり厄介だが……」

「ええと、さすがにそれは先の話すぎるのでは……？」

夏希が苦笑する。

全員が「確かに」と笑った。

「では、谷村さん。古民家の改装とキャンプ場の整備、それをなるべく多久見さんが一人で行い、その様子を配信で流して広くＰＲする、という案で地域振興事業として認可していただけますか？」

孝彦は確認の意味でそう尋ねた。

「キャンプ場を最初から目的に掲げるなら、キャンプで食べるのに適した地元の食材や名産品なんかをアピールするのも関連性が出て、良い地域振興になると思うのですが」

孝彦のダメ押しに、谷村は笑顔で「はい」とうなずいた。

「今ここでお返事するのは無理ですが、この案で上を説得できると思います。助成金を出すかどうかという話なら説得も長丁場になりますが、助成金以外での協力や連携を求めている、ということならすぐ結論は出るでしょう」

自信ありげな口調で、谷村は語った。

「キャンプ客を継続的に呼べれば地域振興になります。キャンプ場がオープンしてからも、管理運営の様子などを継続して動画配信で広告に使える、というのも強みになるかもしれません。現状、不安要素があるとしたら動画の内容くらいですね。くれぐれも危険な行為などをして怪我をしたり炎上したりしないよう気をつけてください」

「はい」

神妙な顔で、夏希がうなずいた。

「弊社としてもコストはかけられませんが、リフォームのプロを呼んで指導してもらうことも可能だと思います。安全管理はうちの現場基準で徹底しますよ」

「イツイハウジングさんが全面協力というのは心強いですね。アイドルや芸能人がプロの指導を受けながら農作業やら大工仕事をやる大人気番組もありましたし、企画としてかなりいけそうな気がします」

孝彦は谷村とがっちり握手を交わした。

――ここで話が決裂してしまえば、動画のために借金などという博打もなくなると思っていたが、まさか好感触で話が進むとはなあ……。

役所を後にするときには、孝彦はぼんやりとそんなことを思っていた。

夏希を近くの駅まで送り、乗員が一人減って少し広くなった軽トラを会社へと走らせる。

＊

「あのさあ」

軽トラが走り出すのを待ちかねていたかのように、光莉が言った。

「おっさん、あたしのアイデアを否定しすぎじゃね？　なんなの？」

「なんなの、と言われても、これまで言ってきた通りだ。安易に借金なんかしない方がいいに決まってる」

「夏希ちゃんも納得してくれたじゃん！」

「そうだな。最終的には多久見君が決めることだ。だから、彼女が決断してからは彼女の意に沿うように話を進めただろう」

「でも、心の中ではまだ反対してるじゃん」

「それはそうだ」

感情的になった光莉の声をいなしながら、ハンドルを握りつつ、孝彦は努めて冷静な口調で答えた。

「私は動画や配信について詳しくはないが、今はたくさんの人が成功しようとしのぎを削っているんだろう？」

「それはまあ、そうだけど」

「ライバルがひしめく中で多久見君が成功できるとなぜ言い切れる？」

「そんなの、やってみなきゃわかんないじゃん！」

「それはその通りだ。だから彼女は日々挑戦しているのだろう。それ自体は否定も反対もしない。私が問題視しているのは、そのために借金をするということだ」

「勝ち目は絶対にあるんだってば！　夏希ちゃんの動画、すっごく丁寧でクオリティも高いんだから！」

「だが、今のところ芽が出ていないんだろう？」

「それは……」

「確かに、高品質であることは素晴らしい。必要不可欠なことだ。だが、世の中、クオリティが高ければ必ず成功できるというわけではないんだ。こんなに条件がいいのに、と思うような物件が売れ残ることだってある。逆に、多少問題があってもすぐ売れてしまう物件もある。何事においても、品質以外の要素も成功には絡んでくるもの

「なんだ」

「じゃあ、他に何があればいいっていうの?」

光莉が唇を尖らせる。まだまだ怒りは収まりそうにない。

「そうだな、いろいろあるが、主に運と縁だろうな」

「何それ。そんなの、どうしようもないじゃん」

「だから博打だと言っているんだ。どんなに人事を尽くしても、そういう不確定なものが味方してくれるとは限らんのだ」

「じゃあ、なんにもしない方がいいってこと⁉」

「そうは言っていない。多久見君の置かれている立場も、我々の現状も、座して待つのは論外だとは思う。だからといって、性急に借金前提の強攻策を進めるのもどうかと思う、という話だ。もう少し冷静に考えてみてもよかったんじゃないのか？」

言い終わったあたりで、軽トラは会社に到着した。

「もういい！　おっさんのバーカ！　お疲れ様！　でした！」

軽トラが完全に止まる前にドアを開け、光莉は飛び降りた。そして派手にバン！と音を立ててドアを閉め、走り去っていった。

やれやれ、とため息をつく。

すでに話は転がり始めている。夏希が前向きに考えている以上、光莉のプラン通りに事態は進んでいくことになるだろう。

だが、それでも、やはり一言言っておく必要はあった、と孝彦は考えていた。

今後、似たようなケースに遭遇したときに、もう少し思慮深く話を進められるように、光莉にはその自覚を持ってもらいたかったから。

――しかし、『お疲れ様でした』か……。

これまでは『お疲れー』とか『おつー』だったのに。

――敬語はバリア、近寄ってくんな、って感じ、か……。こりゃ本気で怒っているのかもしれないなあ。

教育係など、嫌われてナンボだ。

そう思っていた孝彦であったが、今回はどうにも、胸がチクリと痛んだ。

あるいは、実の娘で体感することができなかった『反抗期の娘』を、今になって疑似体験しているのかもしれない。

そう考えれば、この対人関係のこじれも悪いものではないのかもしれなかった。

軽トラを所定の駐車場所に戻して、孝彦は総務部を訪れて車両の返却手続きをした。

「押江さん、大丈夫ですか？　困ったこととか、ないですか？」

朝にいろいろ便宜を図ってくれた若手社員の山田が寄ってきて、小声で孝彦に訊いた。

「営業車を使えないのが一番の困りごとだが、他に何かあったのか？」

「ええ、まあ。押江さんについて、変な噂を流そうとしてる連中がいるみたいで。押江さんが出す領収書には不審な点が多いとか、まずいやり方で契約を取っているとか、根も葉もない噂がいくつか聞こえてきました」

「ははは、そりゃまた、ずいぶんとわかりやすい手で来たな」

「笑い事じゃありませんよ。俺や押江さんに世話になった人間は『そんなわけあるか』って否定して回ってますけど、この調子だと証拠の偽造までやりかねないっすよ」

「ああ、すまんすまん」

「噂では社長、搬送されて緊急手術したってことですし、それが本当ならしばらくは専務の天下が続きかねないんです」

「本当か⁉　社長はご無事なのか？」

「亡くなったとは聞いてないですから、おそらくは。でも、手術の内容によってはしばらく安静にしなきゃならないでしょうし、その間は専務を抑える人がいないんです」

「ふうむ……。しかし、どうにも私なんかを標的にするというのがピンとこなくてな」

――閑職に追いやられた一介の営業マンなんか、放っておいても害はないだろうに。

そう思わずにはいられなかった。

「押江さんだって創業メンバーの一人じゃないですか。確かに現場にこだわって役員にはなってないですけど、多くの新人を育ててるから慕ってる若手も多いですし、反社長派からしたら社長とつながりが深い旗頭に見えると思いますよ」

「まったく実感がないんだがなあ」

「とにかく、俺は押江さんの味方ですし、俺以外にも押江さんのためなら一肌脱ぐって言ってるヤツはたくさんいますんで！　絶対に負けないでくださいね！」

「わかった、助かるよ」

総務課を出て、孝彦も帰途についた。

*

仕事が終わったら、居酒屋に寄って食事がてら晩酌をするのが孝彦のささやかな楽しみだった。

いくつか馴染みの店はある中で、今日は昨日ランチで寄った商店街の居酒屋へと足を運んだ。

「〆張鶴を。それと、だし巻き玉子とホタルイカ煮」

カウンター席に座って、大将に直接注文を伝える。

「あいよ」

という威勢のいい返事とともに、カウンターの中の料理人たちがまた慌ただしくなった。

「今日はあの可愛い新人さんは一緒じゃないんで?」

「女性であるとか二〇歳前であるとかは置いておいても、今どきは同僚や部下を誘うのはやりにくくなりましたよ」

「残念ですねえ。上司や先輩に飲みに連れて行ってもらって、いろいろ覚えるってこともあると思うんですけどねえ」

「日中に近くまで来たら、またランチで一緒に寄りますよ」

「お待ちしてますよ。はい、これホタルイカ煮。あとお通しの酢の物ね。だし巻きも今焼かせてますんで」

カウンター越しに、孝彦は大将から小さな器を二つ、受け取った。

器の中には、たくさんの小さなイカが醤油色の煮汁に浸かっている。春のうちなら、この店にはホタルイカを使ったメニューはいくつかある。ボイル、沖漬け、素干し。いろいろあるが、孝彦は煮たホタルイカが一番好きだった。

ほぼ同時に、おそらくアルバイトであろう店員が日本酒の瓶と升とグラスを持ってやってきた。

「お待たせしました、〆張鶴です」

その店員が升の中に置いたグラスに日本酒を注ぐ。すぐに日本酒はグラスから溢れ、升にまで注がれていく。いわゆる盛っ切り酒である。

酒と料理が揃うと、大将は会話を切り上げて、他の客が注文した料理に取りかかった。

孝彦はホタルイカを一匹つまみ上げ、口に入れた。そのまま、表面張力が働くほどにグラスに満たされた酒に口を寄せて一口すする。

美味い、と呟いて、ふう、と大きく息を吐いた。

――古民家のリフォーム動画に、キャンプ場か……。

なんだか今日はめまぐるしいほど事態が動いてしまって、落ち着いて考える間もなかったが、大丈夫なのだろうか。

正直、いかに懇意にしている先輩に頼んだとしても、今回の件は断られるだろう、と孝彦は考えていた。夏希は実家のことを度外視すれば、収入が不安定な立場だし、動画がバズったら返せる、なんて理屈で金を借りられるはずがないのだ。

しかし、話は妙にスムーズに転がり始めている。

――それをさせるような勢いというか、何か変な人徳のようなものが彼女たちにはあるのかもしれないな……。

動き出してしまったものは仕方がない。

――それにしても、キャンプ場か……。

キャンプについては、孝彦はさほど詳しくはない。キャンプ場を夏希のような素人に経営できるのか、ということについて不安があるのは確かだった。

孝彦も、かつて一度、キャンプをやってみようと思ったことがある。まだ妻や娘と一緒に暮らしていた頃、家族みんなでキャンプに行くのはどうか、と考えたことがあったのだ。

テントやら寝袋やら、その他いろいろ道具を買うまでは準備したものの、ちょうどその時期に大きな契約がいくつも取れそうで忙しくなってしまったことと、娘の孝美が「山でキャンプより海で泳ぎたい」と言い出したことで、使う機会もなく押し入れに仕舞い込まれてしまった。

孝彦はスマホを取り出した。

元妻に電話をかけようとして、手を止めた。

『スマホに替えたのなら、今後はこのアプリで連絡して』

元妻と娘にそう言われていたのを思い出したのだ。家族のグループを作ってあるから、そこに書き込んでくれ、と。

――まあ、あいつも今は忙しいしな。孝美も受験を控えた時期だし、電話をかけて仕事や勉強を中断させるのも申し訳ないか……。

文字で送ったメッセージなら、都合のいいときに読んでもらえればいい。

元妻の美々子は、今ではキッチンで使うアイデア商品を扱う会社の社長である。もっとも、主婦仲間数人で始めた小さな会社だ。それでも徐々に大きくなりつつあり、今ではその稼ぎだけで親子二人が食べていけるだけの収益は出していて、いくつかの商品は特許も取っているのだという。

孝彦は通話ボタンに伸びかけていた指を引っ込め、画面をスライドさせてアプリのアイコンをタップした。

初めて使うそのSNSアプリは、登録した相手と直接やりとりしたり、複数人でグループを作ってチャットや通話で会話をしたりできる、というものだった。

「やりとりするだけならメールでもいいんじゃないか？」

そう訊いてみたところ、娘の孝美には、

「メールとか、周りで使ってる人、いないよ？　迷惑メールみたいなの多すぎて鬱陶しいし、いちいち開封したり送信したりがめんどくさいし」

と言われてしまった。

美々子にも、

「私も、もうメールはほとんど使ってないわね。ファイルをやりとりできる機能もほとんどのアプリにあるし、メールを使う理由が何もないのよね」

などと言われる始末だった。

とりあえず、アプリを立ち上げて親子のグループチャットに入り、『ちょっと訊きたいんだが、昔買ったテントや寝袋、まだあるかな？』と書き込んでみた。

『そんなのうちにあったの？』

すぐに孝美がそんな書き込みをした。

『孝美が海がいいって言い出したから使われなかったのよ。懐かしいわね、まだ押し入れかどこかにあるんじゃないかしら』

すぐに美々子の書き込みも表示された。

——なるほど、これは便利なものだな。

ううむ、と孝彦はうなった。

もちろん、孝彦とてチャットくらいは知っているし、パソコンでは使ったこともある。しかし、スマホでこんなにストレスなく使えるものだとは思っていなかった。

『キャンプに行くの？　誰と？　まさか、新しい恋人とか？』

矢継ぎ早に孝美が質問を書き込んでくる。

『違う違う、ちょっと話すと長くなるんだが、仕事で使うかもしれないんだ』

『仕事で？　なんで？』

孝美はなおも食い下がって質問してくる。

『だから、長くなると言っただろう。それに、仕事については家族にでも話してはいけないこともあるんだ』

『不動産の売買でどこにキャンプが必要になる余地があるんです？　まさか、接待でキャンプをやるとでも？』

ただの文字列だというのに、美々子の書き込みはなんだか妙に刺々しく感じた。

『ほらー、お父さんが一緒に行く相手をハッキリ言わないから、お母さん拗ねちゃったじゃん』

『こら、そんな言い方があるか』

思わずたしなめてしまった孝彦だったが、孝美の言うことももっともだった。

『本当に仕事に使うんだよ。詳しくは言えないが、うちの物件を使ってキャンプ場を一から作るとか、そんな話になっているんだ。まだ先の話だろうが、実際にテントを張って泊まってみるような必要もあるかもしれんと思ってな』

『あなたの会社ってそんな事業までやっているの？』

『いや、かなりイレギュラーというか、どっちかというとアフターケアに近いかな』

『ふうん、大変なのね。じゃあ、今週末までに探しておきますから』

『うちに取りに来るなら、その日は泊まっていけば？　毎月食事はしてるけど、お父さんもたまにはお母さんの手料理が食べたいんじゃない？』

『一応は離婚した身だぞ。女性の世帯に気軽に泊まるというのも問題があるだろう』

『あら、私の手料理なんか食べたくないってことかしら？』

『なんでそうなるんだ』

『冗談よ。どうせ外食ばかりなんでしょう？　今だって、居酒屋かどこかにいるんじゃないの？　泊まりはさておき、ご飯くらい食べていったらいいじゃない』

『うむ……まあ、それもそうか』

カウンター越しに、大将が「だし巻きです」と料理を差し出してくる。孝彦はスマホから顔を上げて「どうも」と受け取り、柔らかそうな卵焼きに添えられた大根おろしに少し醤油を垂らした。

――なんだか本当に会話しているみたいだな。

スマホでのやりとりに没頭していた自分に気がついて、孝彦は苦笑した。

焼きたてのだし巻き玉子を箸で切り、大根おろしをのせて口へ。出汁の旨味と玉子の甘味が広がった口に日本酒で追い打ちをかける。

と、そこでまたスマホが振動してメッセージの着信を告げた。

『そういえばお父さん、ギャルの新人さんとは上手くやれてるの？』

『ああ、孝美のアドバイスのおかげでだいぶ上手くやれている。まあ、今日はちょっと怒らせてしまったんだが』

『怒らせた？』

『少し仕事上での意見が対立してな。あとは、言葉遣いのことで少しキツく注意してしまった。私に対してはもうタメ口なのも仕方ないと考えているのだが、さすがに取引がある銀行の支店長さんにまで同じ態度だったものだからな』

『うーん、意見の対立はよくわかんないけど、言葉遣いのそれはあんまりよくないかも』

『そうか？』

『まあ、お父さんとしては怒らなきゃいけない立場だったんだろうけど、もしかしたらギャル社員さんから見ると、一度は認めたことで怒られた、ってダブスタを感じちゃってるかもしれないよ』

『ダブルスタンダードか……』

『まあ、これはうちのクラスのギャルの人たちは、ってことなんだけど、あの人たちって大人が都合で言うことを変えるのをすごく嫌うんだよね』

『なるほど』

とはいえ、立場が立場である。あの局面で叱らない、という選択肢は孝彦的にはありえなかった。

『ありがとう、孝美。わかってもらえるかはわからんが、明日にちゃんとケアすることを考えておこう』

『それがいいかもね。じゃあ、私は勉強に戻るから、お父さんも飲みすぎないようにね』

『孝美もあまり根を詰めすぎないようにな。美々子も、時間を取らせてすまなかった』

『いいえ、気にしないでくださいな』

家族での会話を終えて、孝彦はＳＮＳのアプリを閉じた。

「ふうむ……」

だし巻きをまた一口食べて、酒を口に含む。

確かに、メールでやりとりするより格段に臨場感があって、ほとんど会話と変わらない。これに慣れてしまえば、メールは操作の煩わしさが気になってしまうだろう。

――このツールは、営業でも使いやすいんじゃないのか……？

家は、大きな買い物である。家族の代表者一名、例えば父親一人とメールでやりとりするよりは、奥さんやお子さん、同居するご両親なども交えてチャット形式で要望や希望を聞く方がスムーズなこともあるだろう。

――というか、どうして私はスマホという新しい道具を頑なに拒んでいたんだ……？


愛用していたガラケーがまだ使えるから。そんな理由があったことは間違いない。

だが、若い頃は、最新の道具や情報には常にアンテナを伸ばしていた。

会社がまだ工務店だった頃、職人気質の創立メンバーたちの中では一番デジタル化に熱心だったし、会社のホームページを作るべきだと言い出したのも、ウェブ窓口の開設を社長に訴えたのも孝彦だった。

新しい道具に率先して触れて、仕事に何か活かせないか、と常に頭をひねっていたはずだったのに。

なぜ、まだ使えるのだからガラケーで充分などと、思ってしまっていたのだろう。

――これが老いか……。

自分はまだやれる。まだまだ現役営業マンとして枯れてはいないはず。

そう思っていた。

けれど、実際はどうだ。

新しい道具や知識を疎んで、これまでと同じやり方でなんとかなると信じ込み、無様にあがいているだけの老兵だったのではないか？

おそらく、孝彦を追い抜いていった若手たちは、こうした新しいツールをとっくに使いこなし、仕事の効率を上げているのだろう。

スランプでもなんでもない。抜かれるべくして抜かれたのだ。

そのことを、きっと社長は見抜いていたのだ。いや、孝彦以外は誰もが、気づいていたのかもしれない。

だから、前線から遠ざけて閑職を用意した――。

そう思い始めてしまってからは、せっかくの晩酌も美味いとは感じられなかった。

＊

「それでさ、おっさんが『こらっ』って怒るワケ。そんな言葉遣いがあるか！　だってさ。いつもはそんなことで怒らないのにさ。っていうか、そういうところは理解してくれてるって思ってたのに」

唇を尖らせて話しながら、光莉は母親手作りのカレーを豪快に頬張った。

「あたしが出したアイデアにも文句ばっかりつけるしさー」

晩ご飯の時間である。学生時代からずっと、一緒に食卓を囲めるときはその日あったことを母に話すのが光莉にとってはお約束になっていた。

「ねえ、お母さん、ひどいと思わない?」

光莉の問いに、母親の杏子《きょうこ》は静かにカレーを食べながら、

「そりゃ怒るわよ。あんたの『タメ口は仲良しの言葉』ってポリシーはわかるけど、さすがに時と場所を選びなさい。あんたの言動は会社とか上司さんの信用も下げるんだから」

と落ち着いた口調で答えた。

「で、あんたのアイデアって何よ?」

光莉はリフォームと動画についての話をかいつまんで説明した。

「そりゃ慎重にもなるでしょ」

やれやれ、と杏子はため息をついた。

「あんたこそ、友達に借金を背負わせる、ってことの重さをもう少しちゃんと理解しなさいよ。場合によってはその友達から一生恨まれるわよ、それ」

「夏希ちゃんはそんな子じゃないもん。ちゃんと理解してあたしの話に乗ってくれたんだもん」

「もしその動画、全然人気が出なかったら? 借金だけが残ったら、その子がどんな

生活をすることになるか、あんた想像できてる？　毎月の稼ぎの中から、無条件で何万円かさっ引かれていくの、結構キツいわよ？」

「もちろん、わかってるよ。その上で、あたしは夏希ちゃんが絶対に成功できるって信じてるもん」

「根拠は？」

「あたしさ、夏希ちゃんが描いた絵を見たことがあんの。描いてるところもね。それが、なんていうか、すごくてさ。あの子、マジで没頭してるときの集中力がハンパないの。読モのときも着こなしの追求とかすごかったけど、動画ってできあがったものだけじゃなくて作業に集中してる姿も見てもらえるでしょ？」

「それが根拠？」

「うん。夏希ちゃんがメッチャ本気で何かに取り組んでる姿は、絶対に見た人の心をワシヅカミするもん」

「ふうん……」

母を見つめる光莉の目は、まっすぐでどこまでも真剣だった。

純粋な目で言い切った娘に対して、杏子は少しだけ態度を軟化させた。

「でも、そこまで信じてる友達なら、なおさら借金については慎重になるべきでしょ。

そういう意味では、上司さんの心配はとても正しいわよ」

「うん。万が一のときは、あたしも少しずつ返済に協力しようって思ってる」

「それもどうかと思うけど……。言っておくけど、そうなってもお母さんは手伝わないからね」

「わかってるよ。あたしが考えてあたしが猛プッシュしてるんだから、責任はあたしが取らなきゃでしょ」

「そうね。まあ、しっかり責任ってものについて考えるといいわね」

カレーをパクパクと食べながら素っ気なく言った杏子だったが、娘の成長を見守る母の目はとても優しかった。

＊

晩酌を早めに切り上げて、孝彦は自宅のアパートへと帰った。

孝彦は道すがらコンビニで買ってきた缶ビールと数種の乾き物を机の上に並べ、部屋着に着替えてからノートＰＣのスイッチを入れた。

ビールのプルトップを引きつつウェブブラウザを起ち上げて、夏希の動画を探す。

孝彦とてネットは利用するが、動画にはあまり縁はなかった。せいぜいサブスクで映画や古いドラマを見る程度で、個人が発信する動画にはさほど興味を持っていなかった。

だから、まず動画サイトへ飛んでみて、その雑多なサムネイル群に驚いた。

映画やドラマのサムネイルは、自己主張がないわけではないが、ほとんどの場合はポスターのようなデザイン性を誇っている。

それに対して投稿動画ときたら、毒々しい色の文字がデカデカと並び、これでもかという自己主張で溢れかえっていた。

「うーむ……」

未知の文化に辟易《へきえき》しつつ、検索を絞り込んでお目当ての動画を探してゆく。

程なくして、『多久見夏希のおしゃれチャンネル』なる投稿者を見つけ出した。『冬の着こなし五選』『クリスマスに食べたいスイーツ　コンビニ編』『クラスメイトに差をつけるメイク術』などなど、元読モらしいタイトルの動画が並んでいる。

適当にその中の一つをクリックしてみる。

再生を始めた動画は、まず夏希をイメージしたであろう二頭身のキャラクターが飛び跳ねるような足取りで登場し、コミカルな音楽に合わせて服を選んだり、メイクをしたり、お菓子を食べたりして、最後にチャンネル名が表示されるという短いアニメーションから始まった。

イラストや文字のフォントなど、多くはフリー素材だろうと素人目にも見て取れるが、とても丁寧に作ってあるオープニング。そんな印象だった。

そして切り替わった画面上には夏希が登場し、今回の動画の趣旨を冗談を交えながら説明している。

説明もわかりやすく、要所要所にはテロップも入っていて、なるほど、オープニングだけでなく全体的にしっかりと丁寧に作ってあるのだろう、というのは素人の孝彦にも理解できた。

五分ほどの動画を見終わって、今度はオススメに表示された人気の動画を適当にクリックしてみる。

ゲームをやっている画面を映しつつ実況をする動画、飼っている猫の様子をひたすら追う動画、ゴシップについて独断と偏見たっぷりに解説する動画、釣りの様子をダラダラと垂れ流す動画、キャンプの動画もあった。

――玉石混淆だな……。

それが孝彦の率直な感想だった。

何が面白いのかさっぱりわからないものもあるし、軽妙な語り口調だけで「なるほど、これが人気なのはうなずける」と思うものもあった。

そして、いくつか動画を視聴してみて、光莉が言っていた、

「勝ち目は絶対にあるんだってば！　夏希ちゃんの動画、すっごく丁寧でクオリティも高いんだから！」

という言葉の意味も理解できた。

今ざっと見ただけでも、夏希の動画よりお粗末なもの、雑なもの、適当なものはいくつもあった。

なぜこの動画が人気なのか、理解できないものも。

――地味なんだな、多久見君の動画は。

真面目で丁寧なのは好印象だ。本人も美人で華がある。しかし、他の人気動画に比べて、何か物足りない。

――それを埋めるのが、企画というわけか……。

確かに、これはチャンスなのかもしれない。

そんな考えに、孝彦の思考も傾きつつあった。

少なくとも、新しいチャレンジであることは確かだろう。

凝り固まってしまっていた、とせっかく気づけたのだから、ここは若い二人の感性に賭けてみるのもいいのではないか、と。

「それはコストに見合うだけの価値があるのか？」

「今会社にある金は融資を受けた金だろう。それを使ってやるからには借金と同じなのではないのか？」

「借金してまでやる意味があるのか？」

かつて、会社のホームページやウェブ窓口を作ろうと社長に掛け合ったとき、他の従業員たちからそう言われたことを鮮明に思い出して、孝彦は大きく嘆息《たんそく》した。

——まさか、同じことを若い子に言うようになってしまったとはな。

しかし、気づけたのなら、修正すればいい。

いつしか孝彦の瞳の奥では熾火《おきび》のように燻《くすぶ》っているだけだった挑戦心が燃え始める兆しを見せていた。

第四章　問題物件×配信×ＤＩＹ

翌日。

孝彦はマイカーで出勤し、それを仕事で使う旨を申請するために総務課で手続きをした。

そして、光莉と合流して会社を出る。

さらに最寄り駅で夏希も拾って、新飛鳥銀行へと向かう。

後部座席に乗り込んだ夏希は、走り出すなり首を傾げた。

「あの……昨日は軽トラの助手席に二人でぎゅうぎゅうでしたから今日とは状況が違いますけど、なんだか雰囲気が違いませんか……？」

「そんなことはないさ」

反射的にそう答えた孝彦だったが、今日は朝から光莉の口数が少なかった。

――まだ怒っているんだろうなあ。

孝彦は自分が間違っていたとは思っていない。怒るべきところでは怒らなければならないし、言うべき意見は言わないわけにはいかない。

とはいえ、光莉には光莉の言い分がある。

夏希も、孝彦たちも、どこかで勝負に出なければならない立場なのは間違いないのだ。

光莉はその勝負をここで仕掛けるべきだと判断して走り出した、ただそれだけのことなのだ。

——さっさとケアした方がいいんだろうが……。

まだ、今日は光莉とろくに話せていない。どうにもタイミングというか、間がつかめないまま、夏希と合流してしまい、完全に機を逃してしまった。

幸い、光莉も完全に無視をするような態度は取っていない。口数は少ないしよそよそしさはあるが、夏希という顧客も一緒にいる手前、業務上必要なやりとりはしてくれている。

——とりあえず、若井君のケアは後回しにするしかないか……。

そこからは終始無言のまま、車は新飛鳥銀行まで走り抜けた。

新飛鳥銀行の応接室で、支店長は昨日と変わらない笑顔で孝彦たちを出迎えてくれた。

「谷村君から聞いているよ。キャンプ場の開発を動画でアピールして盛り上げるプラン、役所内では相当前向きな形で議論が進んでいるそうだ。結論が出るまでなんとも言えないが、彼の口ぶりからして九分九厘こちらの思惑通りに進むだろう」

「先輩の口添えがあればこそです」

「それで、融資なんだが」

支店長は三人にそれぞれ一枚ずつ書類を配った。

「ま、あくまで市が地域振興と正式に認めた後の話だが、一〇〇万まではなんとか通せるよう根回しをしておいた」

書類に目を通して、孝彦は自身の目を疑った。

金利も返済期限も、そのほかの条件も、どれを見てもだいぶ甘い。特に金利などないに等しい。一応、少し変わった条件として、動画で新飛鳥銀行が支援している旨を明示すること、などの広告効果を狙ったであろう項目もあるが、それを加味してもまったく釣り合う内容ではない。

よほどの大物配信者ならともかく、未だ無名に近い駆け出しの配信者に対する融資としては破格すぎる条件だった。

それに、まだ事業計画書も提出していないのだ。それで銀行がポンと決定を出すとは思えなかった。

「先輩、さすがにこれは……」

「恩返しだと言っただろう。とはいえ、いくら支店長でもさすがに古民家の代金三〇〇万を丸々都合するのは無理そうだ。申し訳ない」

「いえ、一〇〇でも相当無理をなさったのでは？　正直、門前払いでも文句は言えないと思っています」

「そんなことはないよ。地域創生の気運の話は本当なんだ。若い人が郷土のために頑張りたい、というのであればそれは大歓迎だし、応援したい、というのが当行の総意だ。まあ、その応援がいくら相当か、というのは一筋縄ではいかん話だが」

「……恩に着ます、先輩」

絞り出すようにそう言って頭を下げた孝彦の肩を、支店長は笑顔でポンポンと叩いた。

「本当なら必要な額を全部まとめて融通してあげたかったんだがね。それに、まだあくまで試算の話だ。契約の際に何か不備があれば白紙になることだってあり得る」

真面目な顔で、支店長は孝彦と夏希の顔を交互に見た。

「押江君。多久見君に事業計画書の書き方を教えてあげてくれ」

「はい、もちろん」

「うん。多久見君、おそらくは押江君たちも助けてくれるだろうが、あくまで事業の中心は多久見君、君なのだから、それを忘れないようにね」

「肝に銘じます」

「それから、わかっているとは思うが、資金調達は古民家の三〇〇だけでは終わらないだろう。改修に使う工具や資材も相当お金がかかるはずだ。できれば倍の六〇〇は欲しいところだろう」

「は、はい」

不安げに、夏希がうなずいた。

「だからなおのこと、一〇〇程度しか融通できなくて心苦しいが、応援しているよ」

「ありがとうございます」

「では、先輩。今日はご報告まででしたが、役所から正式な返答が得られたら本契約に参りますので」

「ああ。昨日はたらい回しのようなことになってしまって、すまなかったね」

「いえ、的確なご提案だったかと」

孝彦は支店長と握手をし、その日は昨日以上に短時間でその会合は終わった。

握手をする孝彦と支店長を見ながら、光莉は迷っていた。

母に諭され、昨日怒られてから不機嫌な態度を取っていたことを何とか埋め合わせしようと思っていたわけだが、どうしたらいいのかがわからない。

そもそも、孝彦に明確な暴言を吐いたわけでもない。昨日軽トラから降りるときに吐き捨てた「バーカ」くらいのものである。ツンケンした態度は取ってしまったかもしれないが、それは謝罪するほどのことだろうか？　孝彦が特に気にしていなければ、単なる光莉の独り相撲である。

——まあ、でも。

孝彦と夏希が退室した後、最後尾で光莉は足を止め、くるりと支店長へと向き直った。

「その、昨日はすみませんでした」

「うん？」

支店長は首を傾げた。

「失礼な態度だったかな、って」

「私は気にしないよ。若いうちは、若いときにしか持ち得ない勢いというか、エネルギーのようなものがある。きっと、君はそれを買われたんだと思う。もちろん、お行儀の良さはビジネス上必要なスキルだとは思うが、まあそればかりが能ではないさ」

支店長はいたずらっぽく笑った。

「え……」

母とは真逆のことを言われて、光莉は戸惑った。

「お行儀よく振る舞うことで小さくまとまってしまってもつまらんだろう。なに、多少の無礼で誰かを怒らせたとしても、押江君がなんとかしてくれるよ」

「え、えーと、それじゃおっさ……室長に申し訳ないんですけど……」

「礼儀正しく振る舞える若手社員なんかいくらでもいる。そういう人しか欲しくないなら、君はそもそも採用されてないんじゃないかな？」

「それは……」

そうかもしれない。そして、採用以後も、光莉をクビにするタイミングはいくらでもあっただろう。

「ま、押江君がどう考えているのかはわからんが、昨日は立場上、彼は怒らざるを得なかった。それだけはわかってやってくれ」

「はい……」

「さ、行きなさい。あんまりのんびりしていると押江君たちが変に思うだろう」

はい、と一礼して、光莉は応接室を後にした。

何をどうしたらいいのか、ますます迷いながら。


一方、孝彦と夏希は、光莉が支店長と話しているわずかな時間とはいえ、待たされることになった。

応接室を出て、銀行の建物を出た頃に、二人とも光莉がいないことに気がついて足を止めた。

「あれ、光莉ちゃんが……」

「トイレにでも行ったのかな？」

二人して首を傾げる。

それはそれとして、夏希と二人きり、というタイミングは滅多にない。これはこれでいいタイミングかもしれない、と孝彦は考え、「多久見君」と声をかけた。

「先輩は――銀行側はかなりの好条件を出してくれているが、借金は借金だ。私の懸念は昨日伝えたから繰り返さないが、やっぱり止めます、とはこの先はとても言いにくくなるでしょう」

「止めるなら今が最後のチャンス、ということですか？」

「そこまでは言いませんが、まあ似たようなものです。迷いがあるなら、今のうちにハッキリ言わないと取り返しが付かなくなると思います」

「そうですね」

夏希はクスッと小さく笑い、しかし、真っ直ぐな目で孝彦を見据えた。

「でも、大丈夫です。きっと上手くいきます。上手くやれます。こういう勝負どころでの光莉ちゃんの嗅覚って頼りになるんですよ」

「なるほど」

孝彦はうなずいた。

「わかりました。お客様である多久見君が信念を持ってそう言うのであれば、私ももう反対意見は言いません。当社の物件を最大限有効活用できるよう、精一杯尽力させていただきます」

「よろしくお願いいたします」

小走りで追いついてきた光莉は、お互い頭を下げる孝彦と夏希の様子を見て、

「え、何、この状況……？」

と目を白黒させるのだった。

＊

新飛鳥銀行を出て、孝彦の車が次に向かったのは温泉施設だった。

いわゆるスーパー銭湯である。とはいえ、入浴の予定はない。早めの昼食と、それぞれが持参した『動きやすくて汚れてもいい服』に着替えるためだ。

そう、これから向かうのは今回夏希が購入するあの一軒家であり、車には清掃のための道具も積まれていた。

孝彦だけなら車中で着替えてもいいのだが、さすがに若い女性が二人もいるのではそういうわけにもいかない。

入浴のための施設に着替え目的で入館するのも気が引けたが、入館料も払うのだし、おそらく埃まみれになって帰りにも寄ることになるだろうから、と自分の心に言い訳して利用させてもらうことにしたのだった。

孝彦は工務店時代の社名入りつなぎを引っ張り出してきて、それを着用した。最初から営業として入社した孝彦だったが、創業メンバーだけで回していた頃には、よく人手が足りないから、と現場に引っ張り出されたものだ。その頃に現場に出るときに着ていた懐かしの衣装である。少し腹回りがキツくなっているのはご愛敬だ。

なお、女性二名は仲良く高校時代のジャージである。しっかりそれぞれの名前が入っており、学校名も入っているのだが、それは二人とも上から布テープを貼って隠していた。

「動画に映ることを考慮して」

という理由なのだ、と夏希は説明した。本人の名前はいいのか、と思った孝彦だったが、夏希はそもそも配信者として顔も名前も出しているし、光莉も元読者モデルということで、かつて一緒に仕事をしていたこともあり、夏希のチャンネルではすでに隠す意味もない、とのことだった。

そして一軒家に着いて、車を降りる。

初めて物件を見た夏希は民家の古さに驚きつつも、大きなバッグからテキパキとビデオカメラや三脚を取り出し、セッティングを始めた。

「もう撮り始めるのか」

孝彦の言葉に、夏希はセッティングの手を止めることなく、

「はい。掃除をする前の状態とか、最初にどんな感じだったのかとか、今日のうちにちゃんと残しておきたいです。ちょっとでも手を出しちゃうと、ビフォーとアフター

が比較できなくなっちゃうので」

　と答えた。

「なるほど、確かに」

「すみません、まだ買ったわけでもないのに……」

「いえ、家屋の売買に内見は付きものです。最近は内見の際に写真を撮ったり動画を撮るお客様は珍しくないですから」

「そうなの？」

　首を傾げたのは、夏希ではなく光莉だった。

「ああ。家具を選ぶときに家の雰囲気を何度も確認したい、という人は多いし、家族代表で一人で見に来て、映像を持ち帰って家族と相談したい、という人もいる」

「へー、今の不動産業界ってそういうもんなんだ。あたしも部屋探しするときは動画撮っとこうかな」

「うちの会社は別に構わないというスタンスだが、他社もそうとは限らんからな。カメラを回す前に一言許可は取った方が揉めないとは思うぞ」

「ところで、お二人は顔が出ちゃっても問題ないですか？」

「あたしは別にいいよー。元々読モとかやってたし」

「私は少し困る気はするが……」

「何が困んの？」

光莉が首を傾げた。

「一般人は顔が衆目にさらされる事を好みはせんのだ」

「じゃあ、押江さんはなるべく映り込まないように注意してくださいね。万が一映ってしまっても顔がわからないようにモザイクか何かを入れますので」

「すまん。まあ、実際、動画的にもこんなおじさんが出てくるより、君たちのような女の子が出ている方が華やかでいいだろう」

「じゃあ、おっさんがカメラ持って撮影すればいいんじゃね？」

「なるほど。ずいぶん昔に娘の運動会や発表会を撮影した程度の経験しかないが、それでよければ」

「そういうことなら、お願いしていいですか？」

夏希は荷物の中からもう一台のハンディカメラを取り出した。そしてそれを孝彦に差し出す。

「このカメラは手ぶれ抑制機能もついてるんで。使い方は……」

操作法の説明を聞きながら。孝彦はハンディカメラを受け取った。

「カメラ、二台も持ってんの？」

感心したような顔で、光莉が訊いた。

「うん、固定撮影用と、手に持って撮影する用。中古の型落ち品だけどね。あと、たまにスマホのカメラも併用するかな」

「本格的だな……。いや、プロの配信者としてはそれが当たり前なのか？」

「うーん、それは配信者によりますね……。スマホだけでやって大人気の人もいますし。今回の企画では、映す範囲や視点は多い方がいいかな、って思って。お金があれば、もっと欲しいんですけど」

「あー。確かに古民家って大きいし広いもんね。一部屋だけ見ても、八畳とか十二畳とか平気であったりするし。いろんな角度からの映像があった方が動画も面白くなりそー！」

「とにかく、今日は掃除だけのつもりで来たが、撮影もやるなら陣頭指揮は多久見君にお願いしよう。君の動画だ、君のやりたいように指示を出してくれ。掃除の効率は二の次でいいから」

「ありがとうございます。助かります。じゃあ、まずは家の全景を撮って、掃除前の各部屋を回って映像に収めたいですね。それから、キャンプ場にする敷地内の様子も撮っておきたいです」

「了解だ。撮影しながら見て回って、どこをどんなふうにリフォームするのかを考えるといい」

「はい！」

渡されたハンディカメラを起動させながら、孝彦は、売るだけでなく、扱った物件に関わり続けるという未知の領域に足を踏み入れたことを強く実感していた。

＊

専務室のデスクで、岩田宗憲はただでさえ厳つい顔をさらにしかめていた。

報告に来た営業部長は、仕事でなければ関わりたくない風貌だ、と思っていることを顔に出さないよう必死で感情を押し殺していた。

「再販売促進室には営業車を使わせるなと命じたのに、なんであいつらは昨日今日と外回りに出ているんだ？」

しかめた顔よりなお不機嫌そうな声で、宗憲は訊いた。

「は、昨日は資材運搬用の軽トラを使って、今日はマイカーで出社したようです」

「なんで軽トラを使わせたんだ！」

「総務の回答は『営業車ではなく資材運搬用車両なので』とのことで……」

「そんな屁理屈があるか！」

「まったく同感でありますが」

「しかも今日はマイカー！　社則違反だろう？　それを理由にクビにしてしまえ！」

「それが、『会社の車を業務で使えない場合は例外としてマイカーでの出勤を認める』と社則にあるから問題ない、と総務が……」

「空気を読むということを知らんのか、総務の連中はッ！」

「まったく、仰る通りで」

機嫌をこれ以上損ねないようそう答えたものの、営業部長は再販売促進室への嫌がらせ指令が一筋縄ではいかないことを強く感じていた。

社長派、というか反専務派のようなものの意思が明確に抵抗している感触があるのだ。しかも、それはおそらく、誰かが命じて反抗しているのではない。空気という言葉を使うのならば、反専務の空気が蔓延《まんえん》し始めているように感じる。

——特に、押江孝彦はいけない。

営業部長から見れば、自分よりずっと社歴が長い部下という扱いづらい男が押江孝彦であった。

本人が社内政治に長けているわけではない。しかし、どういうわけか人望がある。上司である自分より彼を頼りにするような若手も、営業部内には少なくなかった。

——総務や他の部署の若手の中に、彼に便宜を図っているヤツがいるんだろう。

そこまでの見当はつけている。となれば、力押しをしても、のらりくらりと協力者たちが孝彦をかばってしまうだろう、ということも営業部長は確信していた。

「ふん、まあいい。だからこそ、二段構えのもう一つの作戦が光るというものだ。一ヶ月後の成績を見るまでもなく、これで会社に居づらくなって自主的に出て行きたくなるという寸法だ」

どうやらご自身は切れる知将のつもりらしい。

——気が進まないなァ。

落ち込む気持ちを奮い立たせるように一つ咳払いをして、営業部長は、

「その、よくない噂を広めて孤立させるという作戦でございますが」

と、意を決して報告を開始した。

「そもそも再販売促進室はどことも連携しておらず、最初から孤立しているようなものでして。しかも、押江に対する噂はまるで信じてもらえず、若井についてはすでに

問題社員との評価が定まっているため、これ以上下がりようがなく……」

「……つまり？」

「どちらの作戦も、効果が上がっておりません」

その報告後、専務室からはしばらく怒号が鳴り止まなかった。

＊

翌日。

前日と同じように作業着&ジャージに身を包んだ孝彦、光莉、夏希の三人は午前中から山中の古民家へと向かっていた。

が、その途中で朝食やら買い出しのために道の駅に寄った。道の駅のうどん屋でそれぞれかき揚げうどんや山菜うどんを食べつつ、話は自然と『今後どうするべきか』という作戦会議の様相になっていた。

「銀行もさー、ケチくさいこと言わずに古民家分の三〇〇くらいどーんと貸してくれればいいのにねー」

「無茶を言うな。本当なら門前払いされても文句は言えないんだぞ」

「でも、あと二〇〇はなんとかしないと。支店長さんの言うとおり、さらに資材費とか活動費も必要だし……」

夏希が言いつつ、考え込む。

「とりあえず今は、三分の一は目処がついた、と前向きに考えるべきでしょう。その三分の一を逃さないためにも、事業計画書はしっかり作らないと」

「はい」

「それから、連帯保証人も必要になります」

「……」

夏希が黙ってうつむいた。親に頼むことはしたくない、という時点で、当てはそうそうあるものではない、と孝彦もわかっていた。

「それならあたしがなるよ？」

光莉がなんのためらいもなく言った。

だが、孝彦は「それはできない」と首を横に振った。

「えー、なんでー？」

「まず、連帯保証人は『いざとなったら代わりにお金を返す人』だからだ。返済する能力がないと銀行は認めてくれない。新社会人で実家に資産があるわけでもない若井君はまず認めてもらえない」

「なんかそれ、超失礼じゃね?」

「まあ、仮に若井君に返済能力があったとしても、『第三者保証人徴求の原則禁止』というのが平成一八年に決まって、単なる知り合いや友人は保証人になれないんだ」

「えー、何それ。じゃあ誰ならなれんの?」

「基本的には、同じ業務で利害を同じくする人、つまり一緒にその事業をやる人だな。一番手っ取り早いのは、多久見君自身がなることだが」

「え? 私が借りるのに、私が連帯保証人になれるんですか?」

「もちろん。正確には、事業者としての多久見君が借りて、個人としての多久見君が保証人になる、という形になる。返済は事業の収益の中から捻出するんだが、いざとなったら個人資産から返済します、という経営者保証になるわけだ。ただ、結局は返済能力があるなら、という話なわけだ」

「私個人には資産なんてありませんからね……」

「でもでも、あたし、昨日も一緒に掃除したし、今後も手伝うつもりだから、それって同じ事業をする人じゃん!」

「支払い能力の話を忘れるんじゃない。それに、無償で手伝う人は利害を同じくする人とは言わんだろう。仮に動画での収入を折半するとなると、それは副業扱いになって今度はうちの会社の社則に引っかかるぞ。うちの会社は副業は禁止だからな」

「うー」

ふくれっ面で、拗ねたように光莉はスマホをいじりだした。

「多久見君。ここは一つ、苦渋の決断をしませんか」

そう言った孝彦の真意を、夏希はすぐに汲み取ったようだった。

「それは……父に頭を下げろということですか？」

絞り出すように言った夏希の顔は、かなり渋かった。

「今のところ、他に案がないですし……」

「……」

沈黙が重い。

確かに、両親を見返すためという夏希の目的を考えれば、そのために両親に頭を下げるというのは本末転倒だ。しかし、そうでもしなければ、手に入りそうな資金すら両手からすり抜けていってしまう。

「あ！」

沈黙を破ったのは、光莉だった。

「ねえ、これ！　これ見て！」

光莉が示したスマホの画面には、一頭の馬の画像が映し出されていた。

「なんだ、それは。まさか競馬で元手を稼ごうとでも言うのか？」

「違う違う！　よく見てよ！　これ、引退した馬のために寄付を募ってるんだって。それでこの馬、何千万も寄付を集めたらしいよ！」

「それはすごいな。しかし、それがどうしたというんだ」

孝彦は首を傾げた。

しかし、夏希はピンときたらしい。

「そっか、クラファン……！」

「そう、それ！　みんなに『こういう企画の動画作りたいから、資金を支援して』って動画とかで呼びかけたらどうかな！」

――クラウドファンディング……！

クラウドファンディングとは、『群衆』と『資金調達』を組み合わせた造語で、多数の賛同者から少額ずつ資金を提供してもらうシステムである。

例えば、光莉が見つけてきた記事のように『引退した競走馬の余生のための資金集め』であったり、『今までなかったこんな商品を開発したい』であったり、『アーティストの活動支援』であったり、その目的は多岐にわたる。

寄付のような形式の場合もあれば、先行投資や受注生産のような、目標金額達成の暁には返礼品や特典などを約束するやり方もある。

もちろん、孝彦もその名前や意味は知っていた。しかし、それを住宅の売買に結びつけるという発想はなかった。

なぜなら、家とは基本的には個人で買うものである。自分が住む家を買いたいから金を出してくれ、なんて図式が成立するはずがないからだ。

しかし、今回の場合は話が違う。夏希の動画を見たいという人が集まれば、お金を出してくれる可能性がある。

「なるほど」

孝彦もスマホを取り出して、急いでクラウドファンディングについて検索してみた。

「募集期間終了の翌週には入金される、とあるな。これなら目標額に到達さえすれば間に合うが……」

「光莉ちゃんと押江さんは今月中に結果を出す必要があるんですよね？　となると、募集できる期間はあと半月ちょいってところですね。その期間で最低でも二〇〇万……」

それを集められるのか、という不安は、言葉に出すまでもなく三人の間に漂っていた。

「でもさ、これってやり得じゃん。手数料もほとんどの場合は達成した額の何パーセントとかでしょ。ダメでもお金が返金されて終わり、みたいな感じじゃん？」

「まあ、そうだな」

「クラファンにもいろいろあるんですね。主催してるサイトによって得意分野も違うみたいだから、慎重に選ばないと」

「あと、お礼も決めないとだねー。一番安いプランは動画のエンディングとかに名前が載るとかでいいのかな？　それとも、夏希ちゃんの写真とかサインを景品に付けちゃう？」

「私の写真とかでお金が集まるのかな……？」

「お礼はあくまで副産物で、多久見君の動画が見たいから、という動機でお金を出してもらえるように持って行くのが理想ではあるが」

「前に撮ったビフォーの動画と、今日のお掃除の様子を撮った映像で予告編動画を作るつもりなので、それでクラウドファンディングについても呼びかけてみますね」

「クラファンだけで三〇〇集まったら、銀行からお金借りなくても済むのにねー」

「それはそうだが、ここは堅実に二〇〇目標でやるべきだろう。目標を三〇〇以上に設定してクラウドファンディング失敗ではお話にならない」

「そうですね」

夏希がうなずく。

一つ、活路が見えたかもしれない。

しかし、夏希の連帯保証人問題は、依然として未解決のままだった。

＊

「皆さん、おはようございます！　現在、朝一〇時です。今日も昨日の続き、まずは室内のお掃除から始めていきたいと思います」

古民家を背景に挨拶する夏希を、孝彦はハンディカメラで捉え続けていた。昨日以来、すっかりカメラマンが定位置になりつつある。

「昨日に引き続き、イツイハウジングの光莉ちゃんと押江さんがお手伝いに来てくれています。よろしくお願いします」

「はーい、元読モ仲間の若井光莉でーす。よろー」

光莉がフレームに入ってきて、夏希とハイタッチ後、カメラに向かって手を振った。さすがというか、配信を前提にしたカメラを前にしても光莉に動じた様子はない。カメラを構えて画面にはほとんど出ていかないのに、おっかなびっくりの孝彦とはえらい違いである。

「イツイハウジングの押江です。昨日から引き続き撮影でお手伝いします」

と、カメラを回したまま孝彦があいさつをしたところで、近づいてくる車のエンジン音が聞こえてきた。

山奥の一軒家である、ここで車の音が聞こえてきたのなら、目的地はここ以外には考えられない。

「撮影、一旦止めるかい?」

孝彦の問いに、夏希は、

「いえ、回しっぱなしでお願いします。必要なければ編集でカットしますんで」

と答えた。

少し待っていると、やってきた車はだいぶ年季が入ったワゴン車で、車体には自治体の名前が入っている。

停まった車から降りて「お疲れ様です」と孝彦たちに軽く頭を下げたのは、役所の谷村だった。

「谷村さん、おはようございます」

一同、口々にあいさつをする。

「取り急ぎ、役所側では地域活性化事業としての認可が下りました。おめでとうございます。まあ、うちからは助成金は出せないんですが、使えそうな資機材を無償でお貸しできるよう上に掛け合ってきました」

早口で説明しながら。谷村はワゴン車の後部、ラゲッジスペースのドアを開けた。

「とりあえず、草刈り機二台と電動のこぎり一台。これは倒木の枝を落とすような用途で使っていたものなので、サイズは小さいですが。あと、ちょっとかさばりますけど、発電機も一台」

「うわあ、助かります！　電源があるなら、ここで編集作業もできますし！」

夏希がぱあっと明るい顔になって感謝を述べた。

「いえ、このくらいの支援しかできなくてすみません。どれもここ何年かは使ってないんで自由に使ってください。もしかしたら、急遽《きゅうきょ》必要になって一時的に返却をお願いすることもあるかもですが」

「じゃあ、とりあえずお借りする道具を土間にでも運び込むか。若井君、カメラ係を代わってくれないか。男手は運搬に回った方がいいだろう」

「りょうかーい」

カメラを光莉に渡し、谷村と二人がかりで一番大きな発電機を下ろしにかかる。

そして荷物を民家の土間に運び終えた後、谷村は、

「そういえば、昔ここは漆農家だったと言っていましたよね。もし当時栽培していた漆が野生化して群生しているようなら、キャンプ場にするには邪魔ですから、伐採しなければなりません。そのときはお手伝いしますから、声をかけてください」

と付け加えた。

「漆はかぶれるから、伐採するだけで一苦労だとは思いますが」

少年時代、近くの山に遊びに入って漆に触れてしまい、かぶれて痒《かゆ》さに悶絶《もんぜつ》した経験は孝彦にもある。田舎の少年にとってはよくある話だ。

「ですね。数によっては専門の業者に依頼した方がいいですが、とにかく状況の調査を冬までに進めていただければと」

「冬？　季節がカンケーあんの？」

カメラを構えたまま、光莉が首を傾げた。

「はい。秋に葉が落ちてからの十一月、十二月が伐採に適しているみたいです。樹液

も出なくなって、かぶれにくくなるみたいですね」

「なるほど、勉強になります」

真面目な顔で夏希が言う。

「漆の伐採については、暇を見てこちらでももう少し調べておきます」

谷村が笑顔で答えた。

リフォーム以外にも、やることが山積みなようだった。

*

その翌日は、孝彦と光莉は古民家にも他の物件にも出向かず、オフィスという名の倉庫の中でそれぞれ仕事に勤しんでいた。

孝彦は夏希の保証人問題についての打開策を考えたり、ときおり夏希からＳＮＳで飛んでくる事業計画書についての質問に答えたりしていた。

光莉はといえば、ひっきりなしにスマホで電話をかけたりメッセージを飛ばしたりしていた。

「あ、もしもし？　美香ちゃんおひさー。あのさ、一緒に読モやってた夏希ちゃん知ってるでしょ？　彼女がねー、いろいろあってクラファンやってんの。動画とかもうちょっとしたら出ると思うんだけどー」

どうやら知り合いに片っ端から連絡して、クラウドファンディングへの参加や情報の拡散を頼んで回っているらしい。

「あー、うん、そうそう。よーするにカンパみたいな感じ。あ、マジ？　たっすかるぅ、ありがとね！」

電話をかけて、ちょっと話して電話を切り、また電話をかける。光莉はそんなことをひたすらに繰り返していた。

――いったい何人友達がいるんだ……？

数えていたわけではないが、孝彦が見ている限り、もう三〇人以上に電話をかけているはずだ。

それでも、まだまだ光莉には電話をかける相手がいるようである。

結局、光莉はその日の午前中、ずっと誰かに電話をかけ続けていた。

＊

その日の午後は、前日同様に孝彦も光莉も夏希も作業着姿で古民家の掃除である。

自動車で孝彦と光莉が古民家にやってくると、すでに原付でやってきていた夏希が古民家周辺の光景をハンディカメラで撮影していた。

そして、二人に気づいて、「おはようございます」と言いながら駆けてきた。

「とりあえず、第一回の動画がおおよそ完成しました！」

ある程度掃除が進んだ古民家の土間へと移動し、夏希はノートパソコンを広げた。

そのパソコンを上がりかまちに置いて画面を孝彦と光莉に向け、動画を再生させる。

遠景で古民家が映し出され、郷愁を誘うＢＧＭが流れ出した。

やがてその画面に『古民家をなるべく一人でリフォームしてみる』と大きくタイトルが表示された。

「おお、なかなかいい雰囲気じゃないか」

「夏希ちゃんすごい！　マジでテレビ番組みたい！」

照れる夏希をよそに、画面が切り替わって、掃除のためのホウキや雑巾を運び込む夏希と光莉の様子が映し出された。初日に孝彦が撮った映像である。三人での会話も聞こえてくるが、BGMより小さいくらいの音量だった。

そんな映像に重なって、

『協力・イツイハウジング様』

『協力・新飛鳥銀行様』

などの文字が流れていく。

さらに画面が切り替わり、昨日の谷村がやってきたときの様子になって、テロップには『協力・S市市役所町おこし課様』の文字も流れていった。

BGMが終わり、今度は掃除前の古民家のあちこちの様子を映した画像が玄関、廊下、土間から地続きになった台所、室内と順に流れ、そこに後録りであろう夏希によるナレーションが重なる。

『きっかけは、読モ時代の友達である光莉ちゃんからの連絡でした。彼女は今、イツイハウジングに就職していて、そこで面白い物件があるから見てみないか、って。ものすごく古い民家を自力でリフォームするような動画とか、やってみないか、というお話でした』

落ち着きのある夏希の語りは、打ち捨てられた家屋のもの悲しい様子と相まって、国営放送のドキュメンタリーのような雰囲気だった。

『題して、私、多久見夏希がなるべく一人で挑む古民家再生物語、です。ありがたいことに、光莉ちゃんや光莉ちゃんの上司さんの働きかけで、地元の自治体や新飛鳥銀行さんも力を貸してくださることになりまして、多久見夏希史上初の大型企画になります！』

『ゆくゆくは古民家を直して、周辺の山を整備してキャンプ場にしたい、という構想で、なるべく私一人の力でリフォームも周辺の整備も進められたら、と考えています』

『手を貸してくれる人たちに最大限感謝しつつ、私の努力とか苦労とか、あとは自然豊かな環境ならではのいろいろを楽しんでもらえたらと思います』

『この企画を本格的に始めるためには、この古民家を購入する資金が必要になります。すでにクラウドファンディングを始めていますので、ご協力をお願いいたします。クラウドファンディングのサイトには動画概要欄にリンクを張ってありますので、お手数ですがそちらから飛んでください』

そして、再度古民家の全景に戻り、『企画の進行状況は随時動画にしてお知らせいたします』というテロップが大きく表示されて動画は終わった。

「今回のは予告編なんで五分くらいですけど、次回からの本編は一回三〇分くらいかなあ、と思ってます。動画は短い方がサクッと見られるとは思うんですけど、きっと内容も盛りだくさんになると思うんで」

そう説明しながら、夏希はノートパソコンを閉じた。

「これを昨日掃除した後、帰宅して作ったんですか？」

驚いた顔で訊く孝彦に、夏希は、

「はい。このくらいの短い動画なら、編集もそんなに手間じゃないですよ」

と事もなげに笑った。

「いや、これはすごいですよ」

謙遜である、と孝彦は受け取った。そして、このクオリティで本編の動画が作られるなら、これは相当評判になるのでは、とも感じた。

しかし、孝彦には一つ、引っかかるところがあった。

「オープニングにいつものアニメーションは入れないのですか？　ほら、小さな多久見君がおしゃれしたりお菓子を食べたりするあれ」

「え、あ、もしかして、私の動画、見てくれたんですか……？」

少し恥ずかしそうに、夏希が言った。

「もちろんです。まだ全部を見ることはできていないのですが、一緒に仕事をする相手の作品を確認するのは当然のことでしょう」

「お恥ずかしい……。でも、ありがとうございます。今回の企画は私だけのものではないですし、これまでの趣旨とは異なると思ったので、あのオープニングは要らないかな、と思って」

「なるほど」

腕を組んで、孝彦はしばし考え込んだ。

要らないのだろうか。本当に？

「私は動画については素人なので、一視聴者の戯れ言だと聞き流してくれていいんですが、個人的には、あのオープニングを入れるべきだと思います。なぜなら、自治体や銀行が関わってくるとしても、あくまでこの動画は多久見君の動画だからです」

「……そうでしょうか」

「はい。弊社や銀行、自治体に遠慮する必要はありません。むしろ、利用できるだけ利用して、美味しいところは全部一人で食ってやる、ぐらいの意気込みが必要なんじゃないですかね」

「あー、あたしもおっさんの言ってること、ちょっとわかるかも。これは自分の動画だぞ文句あるか、いつも通りやるかんね！　みたいな図太さって、ここぞってところで決め手になる気はするよね」

「素人目に見て、人気の動画配信者の共通点は、『その人自身に魅力がある』ことだと思いました。動画に付いているコメントを見ても、その人を目当てに見に来ているのだろう、と。この企画も、最初は企画のインパクトで見に来てもらうにしても、そうして集まった視聴者が次は多久見君目当てで見に来るようになる、というのが多久見君にとっての勝利条件でしょう」

「なるほど……。だからこそ、私の動画である、という主張は外すべきではない、と」

二人の意見を聞いて、夏希は考え込んだ。

「ああ、いや、もちろん多久見君の動画なので、不要なら私たちの言葉なんかは無視してください。最終的に決めるのは多久見君ですから」

「いいえ、参考になります。貴重なご意見、ありがとうございます。確かに、関係者に迷惑になっちゃいけないとか、そういう事なかれな無難さを優先しちゃってたところはあったかもしれません」

にっこりと微笑み、夏希は「では、今日も撮影のお手伝い、よろしくお願いします」と頭を下げた。

＊

古民家の掃除を続けて陽も高くなった頃、山中に自動車のエンジン音が響き渡った。その音を聞きつけて外に出た孝彦が目にしたのは、何日か前に自分自身が使用した会社の古い軽トラックだった。

乗っているのは老齢の男性が二人。助手席側の男性が孝彦に向かって手を振った。孝彦も手を振り返す。

「誰か来たの？」

そう言いながら、光莉も古民家から出てきた。その後ろには夏希もくっついてきている。

「ああ、昨日多久見君にリフォームについて教えてくれるプロの紹介を頼まれてな、心当たりに声をかけておいたんだ」

軽トラが停まる。

降りてきたのは、逸井工務店のロゴが入った作業服姿の老人二人。

「押江君、ずるいじゃないか。自分だけこんな面白そうなことを始めて」

「そうじゃそうじゃ」

老人二人は車から降りるなり孝彦にまくし立てた。

「だから声をかけたんじゃないですか。多久見君、こちらは弊社の創業メンバーで、職人として働いていた内田さんと高橋さん。今はうちの役員ですが」

「えっ、役員って、偉い人ですよね……？」

驚く夏希の顔を見て、二人の老人はガハハと笑った。

「何が偉いもんか。たまたま勤めとった工務店が大きくなっただけでな」

「そうじゃそうじゃ。ぶっちゃけ、押江君が正しかったわい。役員なんぞになって現場を離れたら退屈なだけじゃった」

「給料はよくなったが、デスクワークは眠くなっていかんな」

「お二人とも、根っからの職人気質ですね」

孝彦は苦笑した。それでも、同じ作業着に身を包んだ創業当時のメンバーが三人も集ったとなれば、感慨のようなものは湧いてきていた。

「このお二人は社長にとっても師匠筋の職人でね。工務店時代から、最年長のベテランコンビとしてイツイハウジングの技術力を牽引しているんだ」

「よせよせ、褒めても何も出んぞ」

「わしらとしても、出かける口実としてはちょうどよかったしな」

「うむ。最近は特に専務がゴチャゴチャ小細工を始めておるからのう。めんどくさくてかなわん。さっさと元気になって社長が戻ってきてくれるといいんだが」

「それにしても、こりゃ年季の入った古民家じゃな。昭和より古くないか？」

「だが、大事に住まれてきたようにも見える。何度か補修は入っておるようだが……人が住まなくなって一気に荒れたんじゃろうな」

「少し見せてもらってもいいかな？」

「あ、はい、どうぞ」

夏希の許可を得て、老人二人が、さっそく古民家に興味を示して歩み寄り、あちこちを眺めて回り始めた。

「ほうほう、土間が奥まで伸びて台所か。竈《かまど》まであるぞ」

「台所の向かいは浴室か。古い給湯器のようじゃが、最初は薪《まき》で焚く風呂だったんじゃろうな。無理矢理ガスで焚けるように改造した跡がある」

「む。床が脆《もろ》くなっておるな。こりゃシロアリに食われておるぞ」

「一度床は全部ひっぺがさんといかんな。基礎が無事ならいいが」

嬉々として古民家の中を見て回る二人を追いかけ、孝彦は、

「お二人とも、今回は指導とアドバイザーとして来てもらってるんですよ。あくまで作業は多久見君中心に進めることをお忘れなく」

と釘を刺した。

「わかっとるわかっとる」

「あっちの和室も見てみるか！」

若干はしゃぐ老人二人は古民家内を歩き回り、やれやれとため息をつきながら、孝彦はそんな二人の姿をカメラで追うのだった。


最初こそはしゃぎすぎの老人二人に不安を感じていた孝彦や光莉だったが、内田老人も高橋老人もさすがにプロだった。

「キャンプ場の事務所も兼ねた作りにしたいんです」

と言う夏希に、

「それなら土間をもう少し広げてもいいかもしれんな」

「その辺の床はだいぶシロアリにやられとるからのう。補修するよりは土間にして、広く使う手もあるかもしれん」

と案を出し始めた。

「受付用にカウンターとかもあった方がいいのかなって」

「それなら、この辺にこう、カウンターを設置するか？」

「土間を広げるなら、もっと奥に作る手もあるぞ。客が待つスペースは広く取った方がいいと思うんじゃが」

「そうですね。薪や食材を売ったり、キャンプ用品をレンタルするキャンプ場もあるそうなんで、そういうスペースも欲しいですし」

「ふむふむ。一度、しっかり図面に起こしてみる必要がありそうじゃな」

「しかしまあ、まずは生活の基盤を整えるのが先じゃないかね？　まだトイレも風呂も使えんのじゃろ？」

「はい。今は防災用の簡易トイレでなんとかしていますけど……」

「押江君、仮設トイレの手配をしといてくれんかね。しばらくは必要になるじゃろ」

内田老人に言われ、孝彦はうなずいた。

「資材部にお願いしてみます。あの部署には何人か知り合いがいるんで、古いヤツを格安で回してもらえるように交渉してみましょう」

「頼むぞい」

「しかしまあ、まだ購入に至っていないなら、うっかり手を付けるわけにもいかんか。

じゃあ、当面は基礎的な技術を身につけてもらう練習からかのう」

夏希にそう告げた二人の老人の優しげな目は、しかし、しっかりとプロの矜持《きょうじ》を備えていた。

第五章　人対人

翌日には、手作りキャンプ場計画の一環として、古民家リフォーム編の予告編動画が夏希によってアップされた。アップされた動画には、いつものオープニングもしっかりと入っていた。

元々五〇〇人ほどだった夏希のチャンネルの登録者数は目に見えて伸び始め、それから三日ほどで倍の一〇〇〇人に到達した。明らかに古民家リフォームの予告編効果であり、それまでの動画が伸び悩む中、予告編だけがどんどん再生数を増やしていった。

そしてクラウドファンディングの方はというと、動画が公開されるまでに目標金額の半分、つまり一〇〇万を突破していた。

孝彦と光莉がそれを確認したのは、再販売促進室のオフィス——とは名ばかりの倉庫の中であった。

あまりの速度に驚く孝彦の前で、光莉はドヤ顔で胸を張っていた。

「あたしの友達の数、なめてもらっちゃ困るって感じ？」

光莉は自身のスマホの画面を孝彦に示した。その画面上ではSNSが表示されており、『クラファンしてきたよー』とか『カンパ完了！　がんばれ！』などという仲間たちからの報告が怒濤《どとう》の勢いで流れていた。

「いやしかし、一番安いプランの千円を出してもらうにしても、一〇〇〇人が出してくれなきゃならん計算だぞ……」

「あたしの友達は一〇〇人でも、その一〇〇人にも一〇人くらいお願いを聞いてくれる友達がいたりするワケじゃん？」

「なるほど……」

友達が一〇〇人いることがさも当たり前であるかのように言うところからして、もはや孝彦には理解の及ばない領域だった。

――仲間意識の強さ、か。

かつて、自身の娘から教わった彼女たちの特性について、少し理解できた気がした。友達や友達の友達が困っていたり、何かを頑張っていたら、千円くらいなら迷わずカンパしてくれる人たちが集まっているらしい。

「いい友達がたくさんいるんだな」

「あったりまえじゃん！」

堂々とした態度で笑う光莉が誇っているのが、『頼れる友人がたくさんいる自分』ではなく、『友人たち』であることは疑いようがなかった。

と、そんな折、孝彦のスマホが着信を告げた。

画面を確認すると、知らない電話番号が表示されている。

もしかしたら、お客様かもしれない、と瞬時に判断して、脳を接客モードに切り替える。夏希の動画では再販売促進室の連絡先まで記載はしていないが、動画を見て興味を持った客である可能性はあるし、倉庫には固定電話が引かれていない都合上、会社のＨＰに記載されている再販売促進室の連絡先は孝彦の携帯番号なのだ。

「お電話ありがとうございます。イツイハウジング再販売促進室の押江が承ります。どういった物件をお探しでしょうか？」

電話口の向こうの相手は、一拍おいて深く呼吸をした後、

『いえ、家を探しているわけではないのですが』

と遠慮がちに言った。

男性の声である。穏やかで、丁寧で、思慮深さを感じさせる口調だった。

「では、どのようなご用件でしょうか？」

『一度お会いしていただきたいのです。申し遅れました、私は多久見といいます』

――多久見……！

どきり、と心臓が一度跳ねた。

「もしかして、多久見夏希さんのお父様でいらっしゃいますか？」

孝彦の問いに、横で聞いていた光莉の顔も強ばった。

『はい。多久見製菓の代表取締役をしております、多久見希久雄《きくお》と申します』

孝彦は光莉と顔を見合わせた。

二人して、どうしよう、という顔をしていた。

＊

夏希の父から電話を受けてから一〇分後、孝彦と光莉は車に乗って社外へと出ていた。向かう先は夏希の実家、多久見希久雄氏の邸宅である。

「やっぱさ、夏希ちゃんには言っておいた方がよくね？」

光莉が言った。その台詞を口にするのはもう三度目である。

「仕方ないだろう、多久見希久雄氏は多久見君――夏希君には内密で一度会いたい、と申し入れてきたんだから」

孝彦のこの返事も三度目である。

「でもさ、あたしたちは夏希ちゃんの味方でしょ？」

「だからといって、いきなり希久雄氏を敵だと決めつけるのも早計だ。夏希君の味方であることは大前提として、まずは両者の話を聞いてみるべきだ」

「うー、なんか夏希ちゃんを裏切ってるみたいで気持ち悪いんだけど！」

「逆だ。これは彼女のためでもある、と私は思っているよ。家族や親子という関係では話せないこともあるかもしれないじゃないか」

「いきなり『娘に近づくな！』って脅されるかもしれないじゃん」

「そんな用事ならわざわざ自宅に呼んだりしなくても電話口で充分だろう。それに、そういう了見ならこっちも全力で夏希君を支援するまでだ」

やがて、目的地の多久見邸が見えてきた。入り口の門越しに見えるのは、巨大な純和風のお屋敷だ。

「すまんが車を降りて呼び鈴を押してきてくれるか」

「りょ！」

おそらくは了解の省略であろう一音節を口にして、光莉は助手席から降り、門へと駆けていって呼び鈴を押した。

中から出てきた家政婦と名乗るおばさんの指示で、孝彦は門の中、前庭と呼ぶには広すぎる敷地内の一画に車を停めさせてもらう。その後、孝彦と光莉はお屋敷の中へと案内された。

長い板張りの廊下を進んだ先、通されたのは意外にもカーペットが敷かれ、ソファが並んでいる洋風の部屋だった。すでにソファに座って待っていた男女が立ち上がって孝彦と光莉を出迎える。

「ご足労いただきましてありがとうございます。多久見希久雄です」

そう言って頭を下げたのは、年配の痩《や》せた男性だった。髪に白いものが混ざり始めてはいるが、背筋がピシッと伸びていて姿勢がいい。顔つきからも、所作からも、真面目で神経質そうな印象を受けた。

「妻の夏子《なつこ》です」

希久雄の隣で同様に一礼した女性は、小柄でふくよかだった。そして、とても品と愛嬌《あいきょう》がある。美人というよりは可愛らしいという形容が似合うような、そんな女性である。

「初めまして。イツイハウジング再販売促進室の押江孝彦と申します」

孝彦はそう言いながら、二人にそれぞれ名刺を差し出した。

「えっ。あたし、名刺とか持ってないんだけど！」

「あ、すまない。発注するのをすっかり忘れていた」

「ちょっと、おっさん、しっかりしなよ！　もー！」

そんな二人のやりとりに苦笑しながら、夏子は、

「名刺なんかなくても存じていますよ。光莉さんですよね？　若井光莉さん。夏希と一緒に読者モデルをやっていたお友達の」

と微笑んだ。

「あ、はい……」

光莉が虚を突かれたように驚いたのは、きっと夏子の笑顔や言葉がとても優しかったからだろう。夏希から聞いていた『娘に望まぬ結婚を強要する両親』というイメージからはまるで想像できない雰囲気だった。

「とにかく、おかけください。今、お茶を用意させますので」

希久雄に促され、孝彦は「失礼します」と勧められたソファに腰を下ろした。光莉もそれに倣い、多久見夫妻も再びソファに座る。

「本日来ていただいたのは他でもありません、私どもの娘の件でお話があるからです」

希久雄はそう切り出した。

想像していたとはいえ、孝彦も光莉も身構えてしまう。最悪、「娘に手を貸すのを止めろ」とか、「娘を騙して家を売りつけようとしている」とか、厳しい話が出るかもしれない、という予想はあった。

「娘は元気にやっているでしょうか？」

希久雄のその言葉に、孝彦も光莉も拍子抜けして固まってしまった。

「あ、いえ。その、なにぶん、さっぱり家に帰ってきてくれないものですから」

そう付け足すと、希久雄は頭を掻いた。

「は……はあ。先日の動画でもご確認いただけると思いますが、新しい企画に真剣に取り組んでいらっしゃいます」

「そうですか」

ホッとしたように、夫妻が顔を見合わせる。

——うーん、聞いていた話となんだか違うような……？

孝彦は首をひねった。光莉も困惑しているようだった。

「失礼ですが……我々は、お嬢さんから『望まぬ結婚を強要されようとしている』と伺っているのですが、それは本当でしょうか？　会社の後継者を一族に引き入れるための道具にされそうになっている、と」

「いいえ、まさか」

夏子が首を横に振った。

「我々としては、能力も人柄も申し分ない相手として、うちの社員はどうか、と話をしただけなんです」

「そもそも、弊社では世襲という時代遅れな方針はもう執らない予定です。会社を引き継いでいくのは血縁より能力がある者であるべきです」

希久雄がハッキリと断言した。

「なるほど、それは素晴らしいお考えですが……」

「ただ、どこの誰ともわからぬ彼氏を連れてこられるくらいなら、将来有望なうちの社員はどうか、とよかれと思って勧めただけで……」

「お気持ちはわかります。実は私にも高校生になる娘がいますので、今からその日が恐ろしいやら怖いやらで」

「ですよね！」

ガシッと希久雄が孝彦の手を摑《つか》み、強く握りしめた。

——どう見ても子煩悩な父親にしか見えないんだが……。

「あのさ。じゃあ、なんで夏希ちゃんはそんな勘違いをしてんの？　家を出て一人暮らしをしつつ、実家には絶対頼らないとか言ってるの、よっぽどのことじゃん？」

「それは……実にお恥ずかしい話なのですが」

希久雄は孝彦の手を放し、情けなさそうに頭を搔いた。

「娘の前では、威厳のある父親でいたい、とつい強い言葉で接してしまうのです」

「なるほど」

娘の思春期を待たず離婚して別々に暮らすことになった孝彦には、今ひとつ年頃の娘と同じ家で暮らすことがピンとこない。ただ、反抗期やら何やらで難しいのだ、という話はよく伝え聞いている。

娘とどうやって良い関係を築くか、ということは、全ての父親にとって一番の頭痛の種なのだろう。

「とはいえ、結果として、お嬢さんは独力で何かを成し遂げようと頑張っています。これは、個人的には素晴らしいことだと感じています」

「それはそうかもしれませんが、反面不安でもあります。娘の動画は見ましたが、どこまで本気なのやら、と」

「どこまでも何も、夏希ちゃんはいつだって全力で本気だよ」

光莉が言い切った。

「読モのときも、アルバイトしてるときも、夏希ちゃんはぜーんぶド真面目だったし」

光莉の言葉には、「そんなことも知らないの？　親なのに」というニュアンスが明確に含まれていた。

「多久見さん。もしお望みでしたら、私どもがお嬢さんとの仲を修復できるよう尽力いたしましょう。ちょっと誤解を解くだけですから、そう難しいことではないと思います」

「本当ですか！」

希久雄と夏子の顔にパッと喜色が差した。

「いや、ちょっと待って、おっさん。それって、古民家の企画自体が必要なくなっちゃうんじゃね？」

「そうかもしれん。彼女次第ではあるが」

両親と和解できるのならば、夏希が意地を張って独立する必要もなくなることになる。

「いやいや、うちらが困るじゃん！　お客様がいなくなっちゃうじゃん！」

「とはいえ、誤解が原因で拗《こじ》れている状態を利用するというのもフェアではないだろう」

「それは……そうだけど」

そんなやりとりを見て、希久雄と夏子は顔を見合わせてクスリと笑った。

「押江さん、貴方はずいぶんと正直な人のようだ」

「恐縮です。そんなつもりはないのですが、仕事に関しては、それが一番の秘訣だとは思っております」

「押江さんのような大人や、友人の若井さんが側にいてくれるのなら心強い。しばらくはあの子のやりたいようにやらせてみようか」

「はい、あなた」

希久雄の提案に、夏子がうなずく。

「クラウドファンディングをしているのでしたね。では、私たちも少しばかりお金を出しましょう」

希久雄がスマホを取り出し、早速クラウドファンディングのページを探そうとする。

「ちょ、ちょっと待った」

慌てて制止したのは光莉だった。

「夏希ちゃんは実家の力は借りたくないって言ってるから、おじさんたちがお金を出しちゃうと夏希ちゃんは怒るんじゃないかな」

「ああ、なるほど……」

納得はしたようだが、希久雄はちょっとしょんぼりとしてしまった。

「多久見さん、もしご息女に何か協力されたいのでしたら、連帯保証人になってあげてくれませんか」

「連帯保証人？」

「はい。今、彼女は銀行から融資を受けられそうなところまで漕ぎ着けています。しかし、保証人のなり手がいなくて二の足を踏んでいるのです」

「融資ですか。個人でローンを組むとかではなく、事業者として？」

「はい」

孝彦の話を聞いて、夫妻の口元は綻《ほころ》んでいた。

銀行から融資を受ける、ということの意味を、経営者である多久見夫妻はよく理解しているのだろう。娘が銀行を認めさせるだけの事業を興そうとしている、それだけ成長している、というのが嬉しかったのかもしれない。

「わかりました。あとであの子に連絡して、保証人になってやると伝えましょう。それ以外の手助けはせず、見守ろうと思います」

「でも、いいのかな……？　夏希ちゃん、名前借りるのも嫌がると思うんだけど」

「ご両親の提案を受けるかどうかは本人次第だ。ご両親も、我々だって、何も強制したわけではないさ」

「なんか屁理屈っぽくない？」

「まあそう言うな。娘に手を貸したい親心くらいは汲んであげるべきじゃないか？」

光莉的にはモヤモヤしたものが残ったようだったが、孝彦としては、夏希の親子関係が修復不可能なほど破綻していなかったことにホッと胸をなで下ろしていた。

＊

夏希の予告動画がアップされてから、クラウドファンディングの金額もジワジワと伸びていき、一週間ほどで目標金額の二〇〇万を突破した。

夏希はといえば、まだ購入はできていないものの、一人でも古民家に赴いて掃除をしたり草刈りをしたり、その様子を撮影したり、役員の爺さんたちが空いている日は道具の使い方などを教わったりしていた。

つまり、例の古民家に入り浸り状態なのだった。もちろん、その都度、孝彦のところには立ち入りの許可を求める連絡が来ている。

そして、孝彦と光莉が夏希を手伝いに古民家に顔を出してみると、夏希は、「なんか父から突然連絡があって、『連帯保証人にはなってやるから書類を持ってきなさい』とか言われたんです」

と怪訝な顔をしていた。

「やっぱり、地元の有力企業ともなると、地方銀行や役所なんかから情報が流れたりするんでしょうか。油断なりません」

光莉が「あちゃー」という顔で孝彦にアイコンタクトを送る。それを受けて、孝彦は、

「実は、先日、夏希君のご両親からお電話をいただいて、話を聞かせてほしいと言われまして。お宅に伺って、動画やクラウドファンディングのページで公開されている当たり障りのない情報などはお伝えしてきました」

と正直に告げた。

夏希は一瞬ムッとした顔をしたが、すぐに「両親がご迷惑をおかけしました」と申し訳なさそうに頭を下げた。

「お二人の立場上、会社に電話なんかされたら、会わないわけにはいきませんよね」

「まあ、その、なんてゆーか、一応お客様のご要望？　みたいな形になっちゃうのか

な。ね、おっさん」

「うむ、お客様に向けて公開している番号だからな」

「でもね、あたしとおっさんは、とにかく『今は夏希ちゃんがやろうとしてることをやらせてあげて』って伝えてきただけだからさ」

「うん、まあ、そこは別に疑ってないけど」

「とはいえ、ここが分岐点です」

孝彦は口調を仕事モードに改めて、夏希に言った。

「今朝確認したところ、クラウドファンディングは目標金額の二〇〇万を達成していました。新飛鳥銀行からの融資で一〇〇万を足せば、古民家の代金は支払い可能になります」

「そう……ですね」

「支払いの目処が立ったとなれば、支払日をクラウドファンディングで集まった資金が振り込まれる日に設定して、この古民家の売買契約を成立させてしまうこともできます。そうすれば、いよいよリフォームにも着手できるわけです」

「そんなことができるんですか？　普通は、お金を払って物件の引き渡しなのでは？」

「まあ、普通は理由がない限り、引き渡しと支払いは同日にする場合が多いですが、例外がないわけではありません。二ヶ月も三ヶ月もずれ込むわけではありませんし、金策の目処も立っているわけですから、そのくらいは現場の裁量で融通を利かせられますよ」

「……」

夏希が考え込む。

「でもさ、まだクラファンの期日までは日があるから、もっと集まるかもしれないじゃん。それでもし三〇〇を超えたら、銀行からは借りなくても済むってことじゃね？」

「それはそうだ。だが、さすがに最近は伸び方も勢いがなくなってる。素人の意見ではあるが、クラウドファンディングだけで三〇〇は厳しいと思う」

「そうですね。私も、その点は押江さんと同じ意見です。たぶん、二五〇行くかどうかじゃないかって思います。それに、どのみち、道具や資材を揃えるお金も必要なので、クラウドファンディングだけでは賄《まかな》いきれないと思います」

夏希の言葉に、孝彦もうなずいた。

「だが、クラウドファンディングで二五〇まで行きそうなら、銀行の融資と合わせて三五〇、活動費も五〇確保してスタートできる」

「はい。しかも、すぐ次のステップに行けるのも大きいです。せっかく増えてきている視聴者が興味を失う前に次の動画を出したいですから」

「と、いうことは、もう夏希君の中で答えは出ているようですな」

「……はい。一度、父に会ってきます。そして、頭を下げてこようと思います」

「いいの？　夏希ちゃん、実家には名前を借りるのも嫌だって言ってたのに」

「もうそんなことは言ってられないと思って。だって、たくさんの人が私の企画に期待して、何百万もカンパしてくれてるんだよ？　もうこの企画は私だけのものじゃないんだな、って思うの。私のちっぽけなプライドなんて、それに比べたら……」

そう答えた夏希の目には、今まで以上に強い意志が宿っていた。


翌日には新飛鳥銀行へ提出する書類の連帯保証人の欄も埋まり、融資を受ける準備が整った。

そして、古民家の売買契約が正式に成立し、夏希の企画は本当の意味で第一歩を踏み出したのだった。

＊

満を持して、古民家リフォーム&キャンプ場開拓計画の本編第一回が公開された。

第一回の内容は、まずは夏希の挨拶と現状の報告から始まった。

『支援してくださった皆様のおかげで、こうして古民家リフォームの企画は正式にスタートすることができました。応援してくださった皆さん、クラウドファンディングで支援してくださった皆さん、いろいろ協力してくださった皆さん、本当にありがとうございます』

画面の中で、夏希がぺこりと深く頭を下げる。

『現在、まだクラウドファンディングは期間が終わっていないのですが、この動画を編集している時点で二四三万円が集まっています。本当にありがとうございます。おかげさまで、この古民家を購入することができました。皆様からお預かりしたクラウドファンディングのお金は、その支払いに使用させていただきます』

『ただ、今後もリフォームを続けるために必要な費用や、古民家の周辺をキャンプ場にするという目標のために必要になってくるものもたくさんあると思いますので、今後もクラウドファンディングでご協力をお願いすることになると思います。よろしければ、引き続きご支援いただければ幸いです』

そんな挨拶の後、古民家の内外の最初の状況の紹介へと移行する。撮影初日に夏希の指示で撮って回った映像である。

ここは汚れが酷《ひど》いとか、この草は全部刈らなきゃいけないとか、ここにカウンターを作ってキャンプ場の受付にしたいとか、現場で交わした会話もそのまま映像に乗っている。

そして要所要所で、それらの会話を補足するように後録りした夏希によるナレーションが重ねられていた。

さらには谷村が市の資機材を運んできてくれた場面や、イッツイハウジングの役員二人も交えての「ここをこうしたい」「そのためにはどういった作業が必要か」といった具体的な計画立案と段取りの相談、必要な建材の見積もりなどを話し合うシーンが続き、作業の手ほどき、指導を受けながら一番入り口に近い和室の畳を剝がし、床板をバールを使って引っぺがす作業の様子がクローズアップされていた。

テコの原理を利用して、一枚一枚床板を剝がす作業は、男性であっても結構な重労働である。何度も「手伝おうか?」と男性陣からかかる声を一切断って一人で作業を進める夏希の姿は、見た目こそお嬢様だが、ガッツにあふれた働く女の強さが際立っていた。

動画の最後で「次回から、今日床板を剝がした部屋の下、基礎のシロアリ被害を確認して、まずはこの部屋を宿泊だけでもできるようにする作業が始まります」とのナレーションで締めくくられた。

ハイライトは古い分電盤を確認するために調べたところで、中から小鳥が出てくるというハプニングがあった。そのときの夏希のびっくりしたリアクションはもちろん、予想外の展開にカメラを回していた孝彦も、見守っていた光莉も老人二人も、驚いた後に笑い出してしまっていた。

そしてエンディングでは、軽快な音楽とともに光莉が出てきて、

「イツイハウジングの若井でーす。おうちを買うならイツイハウジング！　リフォームのご相談も承りまーす！　あたしがいるのは、この動画の古民家みたいなちょっと問題がある格安の物件を扱う部署なんだけどー、そういう物件に興味がある人は気軽に相談に来てほしいっていうかー」

とカメラに向かってにこやかに話した。

その後に枠外から、

「こらっ、お客様に呼びかけるのにそんな言葉遣いが――」

という孝彦の声が入り、途中でブツリと切れて動画が終了する。

そんな第一回の動画は、投稿後三時間で一万再生を超え、その後も一日一万再生のペースで伸びていった。

それに伴い、夏希のチャンネル登録者数も、第一回投稿後、程なくして五桁に届こうとしていた。

*

超が付くほど真面目な孝美とて、勉強の合間にスマホで息抜きをすることはある。友人や家族とSNSで会話したり、動画を見たり、音楽を聴いたり。

普段は派手なメイクや服装は敬遠している孝美ではあるが、ファッションに興味がないわけではない。むしろ、遠ざけていればこそ、興味津々であった。同じくらいの年齢のファッション系インフルエンサーや読者モデルなども何人かフォローしている。

「古民家……？」

それほど人気があったわけではないが、地元が同じで清楚系の読者モデルとして活動していた配信者のチャンネルの最新動画に見慣れない文字列を発見して、孝美は画面をスクロールする指を止めた。

今までは服やアクセサリーなどの話題が多く、次いでスイーツの食レポなどをやっていた人が、なんで突然古民家をリフォームするなどという暴挙に出たのだろうか、と首を傾げる。しかも、その動画が今までにないほどに視聴されている。

『思った三倍は本格的で笑った』

『夏希ちゃんも光莉ちゃんもかわいい』

『華奢そうな女の子だし、日曜大工程度でお茶を濁すのかと思ったら、ガチの本職からスパルタ指導受けてて草』

『イツイハウジングって地元の企業だけど、こんな企画もやるんだ。もっとお堅い企業だと思ってた』

『おっさんの声、渋いな』

『お爺ちゃんコンビも普段はお茶目でかわいいのに、いざ仕事となると目つき変わるのマジでプロって感じ』

その動画のページには、驚いたり意外だと口にするコメントがズラリと並んでいた。

今のところ、否定的なコメントはほとんど目に付かなかった。

何気なく再生してみて、また首を傾げる。

――この男性の声、聞き覚えが……。

画面には滅多に映らず、映っても顔にモザイクがかかっている男性から目が離せなくなっていた。

『イツイハウジングの押江です』

画面の中で男性がそう名乗ったのを聞いて、孝美はスマホを取り落としそうになった。

「は……？　え、お父さん……？」

孝美はスマホを握り直し、動画を一時停止して、勉強机から立ち上がった。

「お母さん！　ねえ、お母さん！　お父さんが！」

母を呼びながら、勉強部屋を出る。

ドタドタと派手に足音を立てて振る舞うなど、根っからの優等生である孝美にとって、生涯で初めてのことであった。

＊

夏希によって動画が投稿されてから三日。

孝彦が会社のロビーに入るなり、数人の若手社員たちが駆け寄ってきた。

「押江さん、動画見ましたよ！」

「困った新人を押しつけられたと聞いて心配してましたけど、あんな企画を進めてたんですね！」

「問題物件をちゃんと売って、しかも動画で会社の名前まで売るとか、さすがっす！」

「今、どこに営業に行ってもあの動画の話になるんですよ。会話のきっかけを探さなくても相手から食いついてくれるんで、マジで助かってます！」

「俺も、そのおかげでお客さんの反応がメッチャよくて、昨日と一昨日で三件も契約取れたんすよ！」

「私も！　今月、会社全体で売り上げが相当伸びるんじゃないですか？」

詰め寄ってきた若手社員たちは、一様に興奮気味にまくし立てる。

「ありがとう。でも、あの古民家の販売も動画の企画も、全部若井君の発案なんだ。私はそのアイデアを少し手助けしただけだよ」

孝彦の言葉に、集まった若手社員たちが驚いた顔をする。まさか、とか、そんなはずはない、とか、ウソだ、という言葉まで飛び出した。

「私のようなロートルから、動画配信なんて発想が出てくるわけないだろう。むしろ私は慎重に進めるべきだ、とブレーキをかけていたくらいだ。それでも若井君の勢いは止まらなかったんだがね」

そこまで言われても、若手社員たちは信じられないという顔のままだった。

「第一印象が悪かったのはわかるが、それにとらわれすぎるのもいかんぞ。私自身も今回は学ぶことが多かった。なるべく柔軟でありたいと常々考えていたつもりだったが、ずいぶん頭が固くなっていたよ」

ははは、と孝彦は笑ってみせた。

「いやあ……でも、ずっと反抗的だったのをちゃんと仕事させるまで育て上げたのは押江さんってことですよね？」

「たかだか一週間かそこらで育てるなんて大げさすぎるだろう。もともと、彼女にはそれだけの能力があったんだよ」

言いながら、孝彦は妙に高揚するような感覚に包まれていた。

一緒に動いていた間は気が回らなかったが、こうして言語化してみると、今回の一件はほとんどが光莉の功績だった。

それが驚くほどに上手くいって、問題の物件を販売できただけではなく、全国規模で会社のＰＲまでできてしまっている。

会社からの支援も何もなく、むしろ営業車を使うことさえ禁じられて孤立無援の状態であることを考えれば、驚くべき成果であった。

――若井君が、それだけのことを成し遂げた。

慎重論を唱えていた孝彦ではあったが、こうして結果が出れば、それは認めるほかなかった。

それどころか、自分が、ではなく、光莉が、ということが妙に嬉しい。

これまでも指導した若手が契約を取ったときなどには大いに喜んだものだったが、孝彦を今包んでいる高揚感は、そうした過去に感じた達成感の比ではなかった。

――まるで自分のことのように嬉しく感じるな。新人が育つというのはいつだって嬉しく思うものだが……。いや、それとも少し違うような？　うーむ。

少し思索に耽《ふけ》ってしまった孝彦に、若手の社員たちは「じゃあ、俺たちはこれで」

と会釈をして去って行った。

「動画、知り合いにもお勧めしておきますんで！」

口々にそんなことを言いながら。

＊

不動産業界では、週末には休まないところが多い。賃貸であれ売買であれ、土日はお客様を迎えたり、物件やモデルルームを見てもらうのに忙しいのだ。

そこで、代わりに水曜前後が休日となる。イツイハウジングも例に漏れず、休みは水曜を中心に、火曜と木曜をシフトで取るシステムだった。

だから、世間的に言う週末は孝彦や光莉にとっては平日なのだが――

その週末、孝彦は久しぶりに元自宅を訪れていた。

元妻の美々子や娘の孝美とは、少なくとも月一で会って食事などをしている。しかし、それはいつも外での食事であり、家族として生活を営んでいた家に足を踏み入れるのは実に一〇年ぶりのことであった。

「ただいま、というのも違うか。しかし、お邪魔します、というのもどうにも妙な感じだな。なんと言ったものやら」

頭を掻きつつ、そんなことを口走ってしまったのは、出迎えてくれた元妻が結婚生活中と変わらない態度だったせいである。

「ただいまでいいじゃないですか。あなたが建てた家なんですから」

「名義も何もかも譲った家は、もう私の家とは言えんだろう」

靴を脱ぎ、スリッパを履いたところで自室から孝美が出てきた。

「お父さん、お帰りなさい」

二人の会話を聞いていたのか、孝美はことさらに『お帰りなさい』を強調する。

「ところでお父さん、これ」

孝美は孝彦にファッション雑誌のバックナンバーを差し出した。

「これは？」

「多久見夏希さんが出てる本。実は私、ファンなんだよね」

「そりゃ初耳だ」

「初めて言ったからね。というわけで、サインをもらってきてほしいなあ、と思って」

「なるほど、お願いしてみよう」

孝彦はファッション誌を受け取った。

「あ、若井光莉さんのサインも一緒にお願いしてね」

「なんだ、若井君のもか」

「うん、せっかくだから。あの二人、これからもっと人気出るよー？」

「だろうな。すでに動画の伸び方がおかしい」

「二人とも美人だしね。お父さんが言ってた新人さんって若井さん？　お母さん、あんなかわいい子がずっと一緒らしいよ？　心配だねえ」

ニヤニヤと笑って、孝美が今度は母の美々子へと矛先を変えた。

「何を馬鹿なこと言ってるの」

そうは言いつつ、美々子はジッと孝彦を見据えた。

「若井君とはあくまで仕事上の仲間で、上司と部下というだけの関係だ」

「でも、職場恋愛とかオフィスラブとかって言葉もあるでしょ？」

「孝美、いい加減にしなさい」

少し強めに、美々子が娘をたしなめる。

「そんなに心配ならさっさと復縁しちゃえばいいのに」

睨む母の視線を受けても、孝美はどこ吹く風である。

「孝美、実の娘でも、立ち入ってはいけない事柄というのはあるんだぞ」

孝彦にまで強めに言われて、孝美は肩をすくめた。

「はいはい。まったくもう、焦れったいんだから」

孝美はぷいっときびすを返して、奥の部屋へと入ってしまった。

「なんだ、今日はえらく突っかかってくるな……」

「家ではあんなものですよ、あの子の態度は」

「いや、でも、一緒に飯を食うときはもっと素直というか」

「そりゃ月一で会える父親の前では猫くらいかぶりますよ。あの子だってもう無垢な赤ちゃんじゃないんですから」

「そういうもんか」

「あの子も不安なんじゃないですか。父親が他の女に盗られてしまう、と本能的に感じているのかも」

「仕事をしていたら、多かれ少なかれ異性と関わることだってあるもんだがなあ。お前だって取引先や関連企業で関わる男性もたくさんいるだろう？」

「それはそうですけど、いつもは見えない仕事の風景が動画で垣間見えたら、一気に現実感が増すってこともあるんですよ」

素直すぎるかと思っていた娘の意外な一面を見たような気がして、孝彦は一抹のさみしさを覚えていた。こういうとき、娘の成長を近くで見守れなかったのだ、という事実を突きつけられた気がしてしまう。

「さ、今日はキャンプ用品を取りに来たんでしょ？　物置にあるはずですから、まずは探してきてくださいな。その間に食事の用意をしちゃいますから」

「ん、ああ。すまんな」

「今日は泊まっていくんですか？」

「さすがにそれは無理だ。世間では週末でも、不動産業界では営業日だよ。私の休みは火曜と水曜だから」

「ああ、そういえばそうでしたね。孝美も残念がるでしょうけど」

「それはまた別の機会に考えるさ」

「あなたの別の機会は、いつになるやら。仕事熱心なのは結構ですけどね」

苦笑しながら台所へと入っていく元妻の背中を見送り、孝彦は二階の物置部屋へと向かった。

物置は、最後に孝彦が見たときに比べたら荷物は増えていたが、奥の方には孝彦が住んでいた頃の名残があった。荷物の積み方や仕舞い方が昔のままで、懐かしさがこみ上げてくる。

「テントと、寝袋と、ランタン、バーベキュー用のコンロに、薪割り用の斧とナイフ……。あー、店員に一緒に勧められた焚き火台、こんなのもあったな……」

キャンプ一式と殴り書きされた段ボール箱を引っ張り出して、中身を確認していく。買ったまま一度も使われることなく眠っていた道具たちは、買った当人に存在すら忘れられている物さえあった。

面倒なので段ボールごと持って行こうと中身を詰め直し、そのまま運び出して車のトランクに押し込んだ。

その後に味わった久しぶりの美々子の手料理は、一緒に生活していた頃より遥かに上達していて、かなり美味しかった。

が、だからこそ、この家に、この団らんに、自分が不在だった期間の長さをありありと感じてしまい、どうにも居心地が悪かった。

*

週末が明けて月曜になると、夏希のチャンネルには次なる動画がアップされた。

最初の部屋の土壁を壊して断熱材を挟むように壁板を取り付けたり、床板を張ったり、孝彦や光莉、師匠の爺さんたちが誰も来られない日は周囲の草を刈ったり、毎日の作業を倍速も交えて淡々とこなす様子を、『今日は師匠たちから壁の作り方を教わります』とか、『手伝ってもらうわけじゃないけど、一人で大がかりな作業を進めて事故が起きては大変なので、誰も来ない日は地道に草刈りです』などなど、後録りのナレーションや軽やかなBGMを重ねて三〇分ほどにまとめた動画である。

とにかく夏希はひたすら頑張っており、お嬢様が泥臭く努力する姿が視聴者の好感度を上げまくっていた。

また、師匠二人の指導によって披露される建築の専門知識やプロの技術も見応えがあり、弟子の夏希の飲み込みの良さも視聴者たちからの賞賛を集めていた。

二本目の動画も瞬く間に再生数を伸ばし、相乗効果で一本目も再度伸び始め、どちらも一〇万再生の大台が見え始めた。

その影響か、イツイハウジングの再販売促進室に「安い物件を見たい」というお客様からの申し込みが少しずつではあるが入り始めたとか、市役所に「あの動画のキャンプ場はいつオープンの予定なのか」といった気の早い問い合わせも入っているとの情報も、夏希のSNSで報告されていた。

そうなると面白くないのは専務の岩田宗憲である。

窓際部署で仕事なんかないはずの孝彦と光莉が、あろうことか物件を売り、その物件を企画に使って人気者になっている。

売り上げを出されてしまった以上、成績を理由にリストラをすることもできなくなってしまった。

しかも勝手に自治体や都市銀行まで巻き込んで大事にして、会社の評判まで高めている。

宗憲自身、この何日かで「御社のあの企画、面白いですね」「動画見ましたよ」などと、外部の人間から声をかけられたのは一度や二度ではなかった。

部下たちからも「あの動画の話題から契約が取れた」「あの動画のおかげでずっと難色を示していた取引先の態度が好転した」などの報告が上がってきており、そのたびに宗憲は神経を逆撫でされる気分であった。

「あれを止めさせることはできんのかね？」

苛立たしげな声で、宗憲は報告に来ていた営業部長に問うた。

「は……。実質的には、古民家を買った客が勝手にやっていることですので、我が社としては口の出しようがないかと」

「だが、我が社の名前を使っているだろう！」

「うちから買った古民家をリフォームしている、と表明しているだけですし、難しいのではないかと。特に悪意があったりこちらの評判を落とすものではないですし、押江君だけでなく役員まで手を貸していますし」

「だが、名前を使っていることは事実だろう」

「どうでしょうか。法的に名前の使用停止を求めれば可能かもしれませんが、止めさせるとなると……。我が社の社員たちの間でも人気が高まっていますから……」

宗憲は一段と険しい顔をした。

「とにかく、押江にあの動画に関わるのをやめるように命令したまえ！」

「いえ、営業部にいた頃なら私の部下でしたが、今は他部署の人間ですので、私にそのような権限は……」

「もういい！　だったら私が命令するまでだ！」

ドン！　と机を叩いて、宗憲は怒鳴った。

机を叩いた手の痛みが霞《かす》むくらいに興奮した宗憲の厳つい顔は、まるで赤鬼のように真っ赤だった。

＊

その日の午前中、孝彦と光莉が古民家を訪れると、すでに夏希の原付が停まっており、古民家の裏手の方からは草刈り機の駆動音が聞こえてきていた。

音のする方へと歩みを進め、草刈りに精を出す夏希に挨拶すると、作業の手を止めた夏希は優雅な所作で二人に頭を下げた。

夏希の振る舞いは頭から指先に至るまで気品に満ちている。そうした立ち居振る舞いや雰囲気がリフォームや草刈りの作業とどうにもミスマッチで、見慣れた孝彦でさえもついつい目で追ってしまう。

あるいは、そういうところが動画が人気を博している一因なのかもしれない、と孝彦も漠然と思うことはあった。

「おはようございます。聞いてください、昨日、ついにここにもインターネットが開通したんですよ！」

山奥の古民家は未だに電気やガス、水道は来ていない。

というのも長く使っていなかったため、水道管が再使用できるかどうか調べる必要がある、という理由からだった。

電気についても、配電盤に小鳥が入り込んで巣を作ってダメになってしまったため交換が必要であり、ガスについても老朽化を警戒して、先に安全性をチェックしてからにしよう、と今のところは棚上げされた状態である。

そんな事情から、意外なことに一番早く開通したのがインターネット環境だった。

「ギリギリ光回線の利用範囲内で助かりました。電気が来てないとできないって言われたんですけど、発電機ならあるから、って食い下がったらやってくれることになって。まあ、工事費用はかなり割高になっちゃいましたけど、それもクラウドファンディングで少し多めにお金が集まったおかげで支払えました」

嬉しそうにそう語る夏希に、「よかったじゃん！」と光莉が笑って抱きついた。

「これでここからでも動画をアップできるようになった、と」

孝彦の言葉に、夏希が「はい！」とうなずいた。

「今日で最初の部屋が仕上がりますから、最悪泊まって編集作業してアップロードするなんてことも可能になります！　もちろん、発電機は動かさなきゃいけないんで、常時繋《つな》がってるというわけにはいかないんですけど。あ、もうルーターは設置してあるんで、お二人も使ってくださいね、パスワードは……」

夏希の言葉に従い、孝彦と光莉はスマホのネットワーク設定をいじって古民家のルーターを登録する。

「便利になるのはありがたいが、あまり無理はせんようにな。そうだ、泊まりといえば、キャンプの道具を持ってきたんだ。今晩にでも使ってみるつもりだが、しばらく土間の片隅にでも置かせてもらえないかな」

「え、今日は平日ですけど、大丈夫なんですか？」

不思議そうに夏希が言った。

「うちの休みは明日と明後日だからねー。なんか、契約が流れるから、って水曜日が休みなんだって」

「そういう験担ぎもあると思うが、土日はお客様に来てもらいやすい曜日だから、客商売としてはそこは休みにできんのだと思うよ」

「なるほど……」

「多久見君が草刈りに精を出してくれたおかげで、前庭にテントを張れるくらいのスペースはできたし、テントを張ってもバーベキューくらいはできるだろう。まあ、一度くらいは試してみないとキャンプ場としてお客様を呼ぶのも気が引けると思ってな」

「バーベキュー⁉　あー、あたしも泊まりたーい！　光莉ちゃん、部屋使えるようになるんでしょ？　だったら部屋使えるようになった記念で女子会やろう！　その部屋でお泊まり会しよう！　おっさんは外でテント！」

ガシッと夏希の両手を摑んで、光莉がまくし立てる。

「え……う、うん、いいけど、部屋が完成しても布団も枕もないよ……？　電気は発電機があるけど、ガスも水道もまだ使えないし」

「大丈夫大丈夫、なんとかなるって！」

「うーん、君らが泊まるなら、私のテント泊は日を改めるか……」

「え、なんで⁉　うちら、おっさんのバーベキューに期待してるんだけど！」

「無茶を言うな。同じ部屋じゃないにしても、うかつに男女が同じ場所に寝泊まりなんて誤解を招く。私らもそうだが、動画配信者の多久見君は下手すれば炎上案件になりかねないだろう」

「えー。おっさんだけバーベキューとかずるいー！」

「単に素材を焼いて食べるだけだし、道具はしばらくここに置いておくから、なんなら日中にランチでやればいい」

「やだやだやだ！　違うじゃん！　そーゆーのはお泊まりでやるから楽しいんじゃや

ん！」

「駄々っ子か……」

「あの、じゃあ、今夜はバーベキューとお泊まり会を緊急配信したらどうでしょう？」

夏希の提案に、孝彦と光莉は首を傾げた。

「登録者や再生数が増えたことで、私のチャンネルでもライブ配信ができるようになったんですよ。お泊まり部屋とテントの前に定点カメラを置いて一晩ライブ配信すれば何もなかった証明にもなると思うんです。アーカイブにも残せますし」

「いいじゃん、それ！　夏希ちゃんナイスアイデア！　どうせなら銀行の支店長さんやお役所の谷村さんとかお爺ちゃんたちも呼んで、サプライズバーベキューパーティー配信にしちゃおうよ！　視聴者的にもサービスになるし！」

「なるほど、そういうことなら……」

動画のための企画、となってしまえば話は別である。

「私は何人来てくれても構いませんけど、支店長さんや谷村さんは急にお呼びして大丈夫でしょうか？」

「うーん、まあ声をかけるだけなら問題はないと思うが、単なる食事会ならともかく、配信となるとお二人とも立場的に難しいかもしれんなあ……」

「マスクとか何かで対策するにしても、完全にお顔を隠すというのはライブ配信だと難しいですもんね」

「うむ。ましてや銀行はお堅いからな……」

「でも、関係者として呼ばないのは逆に失礼じゃね？　来る来ないは当人が決めればいいことだしさ」

「それは確かに」

夏希がうなずいた。

「そうだな。あとは、食材や飲み物は後から買い出しに行くとして、二人で他に必要なものをリストアップしてくれ。君たちが使うシュラフや毛布、それから……」

「私、今からＳＮＳとかでライブの告知を出しておきますね！　あ、光莉ちゃんが使う毛布とかの寝具は備品として使わせてもらうんで、それも含めて領収書をもらってきてください。企画用の経費としてあとで代金はお支払いしますので」

「やったー！　超楽しみ！」

と、盛り上がってきたところで、孝彦のスマホが鳴った。

「ん？」

スマホを取り出して、通知を確認する。届いていたのは会社からのメールだった。

そのメールを開いた途端に、孝彦は眉をひそめてしまった。

メールの文面は、要約すれば「勤務時間内に業務外のことをしないように」という内容の警告だった。暗に「夏希の動画に関わるな」という意味であることは歴然であり、専務の名前で発信されていた。

「おっさん、どうしたの？」

「いや……なんでもない」

――ついに直接口を出してきたか。

一度目を閉じて、覚悟を決める。そして、

『リフォームどころか清掃さえしていない物件をお買い上げいただいたお客様です。掃除やリフォームの手伝いをすることは当然のアフターサービスと考えます。お客様のことを第一に考えての行動を業務外と言われることは甚だ心外です』

そんな内容のメールを返信した。

――私だけならまだしも、動画の件にまで口を出してくるとなると、日和ってはいられない……。若井君にとっては初の仕事だし、多久見君にとっても勝負を賭けた企画だ。邪魔をさせるわけにはいかない。

だが、社長がいない今、本気で相手が実力行使をしてきたらどう立ち向かうべきなのか。

室長にこそなったものの、孝彦は所詮、一社員にすぎない。

――とにかく、相手の出方をしっかり記録して、不当なことをされている、という証拠を残すしかないか。

なんとしても、部下と顧客だけは守らなければ。

そう考えて、孝彦は静かに戦う決意を固めた。

*

お昼過ぎには夏希の師匠二人――イツイハウジングの役員二名――が古民家にやってきて、リフォーム作業について指導したりアドバイスしたりするいつもの光景が繰り広げられた。

もちろん、その様子は三脚なども駆使して漏れなく録画されている。

その間に孝彦と光莉は買い出しに奔走した。

食材、飲み物は当然として、水道が使えないことから多めの水と、紙皿や紙コップ、割り箸、簡単な調理用品各種などもついでに買う。コンロで使う炭や焚き火に使う薪をホームセンターへ買いに行き、シュラフや毛布を買いにアウトドア用品店も回り、さらに発電機の燃料である軽油も買う必要があった。

買い出しが終わって古民家に戻り、テントを張ってコンロを用意し終わる頃にはもう日が傾き始めていた。

空が赤く染まった頃、役所の谷村がやってきた。車から降りた谷村はトランクから大きなクーラーボックスを下ろし、それを持ってきた。

「あ、谷村さん！　ちーっす！」

薪の束を解いていた光莉が車の方に向けて手を振った。

「お疲れ様です。いや、よく許可が取れましたね。お役所が民間の営利活動に参加しようとなると難しいのでは、と思っていたのですが」

「若井さん、押江さんも、お疲れ様です。郷土を全国に紹介するプロモーションに協力するためだ、と言ってなんとか上司を口説き落としました」

谷村は笑って会釈をした。

「あと、手ぶらで来るわけにも、と思ってこれを用意していたらこんな時間になってしまいました」

そう言って谷村がクーラーボックスを開けて見せる。中にはビールの缶がぎっしりと詰まっていた。

「えー、ビールぅ？　あたしと夏希ちゃんは飲めないんだけど！」

「いや、谷村さん、気持ちはわかりますが、お車でしょう。私も泊まるとはいえ車ですし、さすがにそれは……」

「ご安心を。全部ノンアルコールビールです。女性お二人のために、地元の特産品としてプッシュしている洋梨ジュースも持ってきたので、配信内でバッチリ食レポしてください」

「あ……ですよね」

苦笑して、孝彦は頭を掻いた。

「洋梨ジュース！　いいじゃん、メッチャ美味しそう！」

「いずれ、ここにキャンプ場がオープンしたら、そのときは休みを取って存分にやりましょう。焚き火を眺めながらのビールとか、きっと最高に美味いですよ」

そう言った谷村の顔には、心底楽しそうな笑みが浮かんでいた。

「それは是非。そのときは焚き火でソーセージかベーコンでも炙りながら本物のビールで乾杯といきましょう」

「さすが押江さん、わかっていらっしゃる」

「あ、今日はライブ配信になるので、お顔を隠したい場合はこのマスクをどうぞ」

孝彦は医療用のマスクを差し出した。

「バーベキューをやるのに口元を隠すのはやりにくいですけど、今回は編集で顔を隠すというわけにはいきませんので」

「ありがとうございます。さすがに顔を全国にさらす勇気はありませんので、ありがたく使わせてもらいます」

やがて、もう一台、かなりハイクラスな自動車が古民家前まで上ってきた。その車から降りたのは新飛鳥銀行の支店長である。手には紙袋を提げている。

「先輩！　急にお誘いしてしまって申し訳ありません」

孝彦のあいさつに、谷村も合わせて深々と頭を下げた。

「いやいや、お誘いいただいてありがとう。ただ、申し訳ないがこの後は予定があってね。すぐに戻らなければならないんだが、一言おめでとうと言いに来たんだ。彼女が真剣なのはわかってたが、ここまですぐに結果を出せるとは思っていなかった」

「それは直接言ってあげた方がいいんじゃね？　夏希ちゃんなら爺さんたちと中でまだ作業してるよ」

「若井君、だから言葉遣いをだな……」

「いやいや、押江君、いいよいいよ。若い子のヤンチャは嫌いじゃないんだ。忠告通り、直接言ってくるとしよう。と、その前に、これはみんなで食べてくれ」

支店長は孝彦に紙袋を差し出した。

「ありがとうございます」

孝彦が礼を述べて紙袋を受け取ると、支店長はすぐさまきびすを返して古民家の中へと消えていった。

「おっさん、支店長は何をくれたの？」

光莉に言われて、孝彦は紙袋の中身を覗き込んだ。

「牛肉だな。うわ、こりゃメチャクチャ高い肉だぞ……！」

「やったー！」

光莉が万歳しながらピョンと跳ねる。

「さすが、銀行の支店長ともなると度量も気前も桁違いですね」

谷村も自分の差し入れと見比べながら苦笑していた。

「ま、給料の額も違うでしょうからな」

「それはそうです」

支店長は言葉通り配信が始まる前に早々に帰ってしまったが、そんなこんなで日は暮れていき、古民家の周囲も闇に飲み込まれていった。

街灯すらない山奥では、夜の闇の深さも段違いである。月の光も木々の枝に阻まれ、発電機はあっても照明器具に接続されていない。焚き火とランタンの光と、バーベキュー用コンロの熾火だけが弱々しく夜に抗っていた。

闇が支配する山中で、聞こえてくるのは風に揺れる葉の音くらいという静けさの中、唐突に肉を焼く音が響いた。

それと同時に、

「それでは！　緊急ライブバーベキュー大会、開始します！　ウェーイ！」

と夏希が宣言し、数は少ないが力強い拍手が続いた。

「じゃあ夏希ちゃん、まずは進捗報告おなしゃーっす！」

光莉がマイクに見立てた割り箸を握って夏希に向けた。

「はい。今、やっと一部屋、寝泊まりができるようになったところです」

「部屋の完成、おめでとー！　動画だとまだ壁作ってる段階だっけ？」

「です、壁の後は天井もあります。その作業は次回の動画でお届けします。あと、敷地内の草刈りもだいぶ進んで、今日は試しにと押江さんがテントを張ってくれています」

夏希の言葉に従って、ハンディカメラを持った谷村が――いつも撮影係の孝彦は今日は肉焼き係のため、急遽光莉から押しつけられた――レンズをテントへと向ける。

「電気や水道は準備中なのでまだ来てません。トイレもイツイハウジング様からお借りした仮設トイレを使っている状態ですけど、ネット回線は先に引いてもらって、こうしてライブ配信ができています！　業者さんには電気が来てないと回線端末の動作確認ができないから、って言われたんですけど、『発電機はあるんで！』と言ってお願いしてなんとか工事をやってもらいました！」

「回線業者グッジョブ！」

「はい。本当に助かりました。これで、ここでも動画をアップしたり、こうして配信したりできるようになりました！」

「というわけで、今日はバーベキューやってまーす！　おっさん、肉焼けた？」

今度は谷村のカメラは孝彦とコンロに向けられた。

「もう焼けるぞ。良い肉だからさっと焼けば大丈夫だ」

孝彦は焼いた牛肉をトングで紙皿に取り、まず夏希に、次に光莉に手渡した。

「うっわ、めちゃめちゃ美味しそう！」

「あ、ええと、これって、さっき新飛鳥銀行の支店長さんから差し入れてもらったお肉ですよね……？」

孝彦がうなずくのを見て、夏希は、

「支店長さん、ありがとうございます。ごちそうになります！」

とカメラのレンズに向かって頭を下げた。すでに帰ってしまった支店長に向けての、せめてものメッセージであった。

「うっま！　何この肉、嚙まなくても勝手に溶けるんだけど！」

光莉がさっさと食べ始めたのを皮切りに、創業メンバーの爺さん二人もノンアルコールビールで乾杯を始め、谷村もカメラを三脚に固定して宴会を楽しみ始めた。

孝彦もノンアルコールビールを片手にみんなの肉を焼きながら、自分も肉や野菜をちょくちょくつまむ。

おのおのが勝手に楽しんでいるように見えて、常に会話は途切れなかった。

光莉と夏希が、洋梨ジュースを絶賛したり、谷村に近隣の特産品やこの山にまつわる話を振ったり、爺さんたちに古民家の状態のことや今後の作業について質問したりして上手く話題をつないでいる。

――多久見君は配信を盛り上げるのが仕事だとしても、若井君もたいしたものだな。

孝彦にとっては、少し意外だった。敬語や言葉遣いの問題で、営業に必須である会話や交渉ができないのではないか、と思っていたのだ。

もちろん全部タメ口なのは問題だが、そこにさえ目をつぶれば実に巧みに会話の流れを誘導している。

——人の能力なんてものは、一目だけではわからんもんだな……。

つくづく、学びの多い仕事だ、と孝彦は肉を焼きながらそう思った。

*

「それじゃあ、この辺でバーベキュー大会は終わりだからー。あ、でも配信はおっさんのテントと完成したお部屋でのお泊まり女子会を定点カメラ的なヤツで続けるんだって」

そんな光莉の言葉とともに、宴は幕を閉じた。

その宣言の前に谷村や役員の爺さんたちは「明日があるから」と席を辞しており、そのあたりから孝彦も調理や飲み食いより片付けに比重を移していた。

ゴミをまとめ、テントの前に折りたたみの椅子を出す。そして焚き火台を用意して、コンロの炭を焚き火台に移し、薪をくべて火を育てる。

女性陣が古民家の部屋に移動し、宴の賑やかさから一転、夜が静けさを取り戻している。

これが晩夏や秋なら虫の声なども聞こえてくるのだろうが、まだまだ春先である。山の中は静かなものだ。

古民家から漏れてくる光と賑やかな気配も、夜の森の圧倒的な存在感の前にはないも同然だった。

存在感を放つのは、目の前の焚き火の炎と、それがパチパチと爆ぜる音のみ。火というものの根源的な魅力だけが、夜の中にポツンと在った。

一〇年前、この焚き火台を勧めてくれた店員が力説していた焚き火の楽しさを、孝彦は今になってようやく実感していた。

――それにしても。

焚き火の明かりに薄ぼんやりと照らされた古民家を見やって、思う。

この古民家は手を加えられて徐々に使えるようになっていく。では、自分はどうだろうか。この古民家と同じように、少しはマシになっただろうか。

揺らめく炎をぼんやりと見つめながらとりとめのない思索に耽っていると、

「おっさん、なにしけた顔してんの？　ウケる」

炎が照らす範囲にジャージ姿の光莉が入ってきた。

不意打ちのような光莉の登場に、孝彦はドキリと心臓が跳ねる思いがした。

ジャージ姿であったとしても、眉をひそめてしまうような派手な化粧でも、爆ぜる炎の光は元読者モデルの美貌を余すところなく照らし出していた。

――いや、落ち着け。あくまで上司と部下、それ以上でも以下でもないんだから。

孝彦は自分に言い聞かせて、平静を装うように大きく一つ咳払いをした。

「女子会中じゃないのか？」

「それがさー、寝袋に入ったら夏希ちゃん秒で寝ちゃって」

炎を挟んで孝彦と向かい合うような位置まで歩み寄ってきて、光莉は苦笑した。

「なるほど、まあ、無理もない。リフォームも草刈りも体力を使うからな。それを連日やっているんだから、疲れも溜まるだろう」

「うん、だから寝かせておこうと思って、夏希ちゃんの寝顔をバッチリ観察できるポジにカメラをセットしてこっちに来たの」

「それは鬼の所業じゃないか？　あとで多久見君に怒られても知らんぞ」

「大丈夫大丈夫、視聴者はきっと喜ぶって」

「視聴者のためなら何をしてもいいわけではないだろう……」

「配信者にとってはそれが一番大事らしいよ？」

やれやれ、と肩をすくめる。

「おっさん、椅子って一個しかないの？」

「いや、あと二つあるぞ」

元々は家族三人で使うために買ったキャンプ用品である。

孝彦は立ち上がって、テントの脇にまとめておいた荷物の中から、もう一脚の折りたたみ椅子を取り出した。木製の骨組みを開けば、張られた布が座面と背もたれになるタイプのアウトドア用チェアだ。

光莉はその椅子を受け取ると、孝彦の椅子の隣に置いて、座った。

孝彦も自分の椅子に戻る。

二人並んで、焚き火を眺める恰好になった。

「しかし、まさか若井君が自分からここへ来るとは思わなかった。まだ怒っていると思っていたよ」

「ん？　あー、うん、バーカとか言っちゃったもんね」

「ああ。あれ以降、なんとなく態度が違うような気はしていたから」

今まで言えずにいた言葉が、すんなりと出てくる。

それはお互いに並んで顔を合わせていないからかもしれないし、パチパチと音を立てる焚き火の炎がもたらす魔法だったのかもしれない。

「ぶっちゃけ、ムカつきはしたよ。動画の話も反対されたしさー。でさ、その日に帰ってからお母さんに愚痴ったわけ。そしたら、お母さん、完全におっさんの味方でさー。社会人なんだからいい加減大人になりなさい、って」

「まあ、お母さんの言うことはもっともだな」

「そうなんだよねー。あたしも確かになー、って思って。それで、翌日に支店長さんに謝ったりしたの。そしたら、支店長さん、なんて言ったと思う?」

「うーむ。先輩のことだから、小さくまとまるなとか、どんどんバカをやれとか言ったんじゃないのか?」

「うん、まあ、そんな感じ。お利口で礼儀正しい新人が欲しいなら、あたしは採用されてないんじゃないか、って」

「考えようによってはひどい言い草だが」

孝彦は思わず笑ってしまった。

「あと、なんかやらかしたらきっとおっさんがなんとかしてくれるから、とも言ってた」

「また勝手なことを……」

笑いが苦笑に変わる。

「ねー。ま、とにかくさー、支店長さんにそう言われて、なんかいろいろわかんなくなってきちゃって」

「先輩は特殊な例だぞ。普通は男女問わず若造にいきなりタメ口で話されたら、無礼なヤツだと怒るもんだ」

「でも、おっさんは怒んなかったじゃん」

「それは……まあ、そうだが」

言葉遣いを怒る以前に、派手な髪の毛の色やネイルを見てドン引きしてしまった、とはさすがに言えなかった。

「例えばさ、お店によっては、フレンドリーな店員さんとかもいたりするじゃん。洋服屋さんとかさ」

「若者向けの店の話ならよくはわからんよ。まあ、タメ口で友達に話しかけるような接客をあえてやる、という店があるらしいことは知っているが」

「そうそう、そういうの。そういう接客、うちらの業界でもワンチャンありなんじゃゃね？」

「可能性は否定せんが……だが、それを受け入れるお客さんがどのくらいいるのか、という話だな」

「それは、まあ、少ないかもだけど……」

「ははは、いきなり自信が萎《しぼ》んだな。しかしまあ、今日の若井君を見ていて、案外それもありかもしれない、とは思ったよ」

「え、なんで？」

「いろんな人に話を振ったり、話題が途切れないように会話を弾ませたり、上手いこと回していたじゃないか」

「あー。まあ、一応読モ時代とかにちょっとしたイベントの司会進行とか、丸投げされたこととかあったから。それに、今日は進行役は夏希ちゃんがやってくれたし」

なるほど、経験に裏打ちされた技術だったのか、と孝彦は得心がいった。

「正直に言うと、君に接客や交渉はできないだろう、と諦めかけていた。敬語が使えないし、使いたがらないのではどうにもならないな、と。しかし、今日の様子を見ていたら、案外どうにかなるんじゃないかと思えてきたよ」

「えーと、なんかひどいこと言われてね？　褒めてるように見えて、おっさん、あたしをディスってるよね？」

「いや、そんなことはないが」

「じゃあ、そういうことにしておく。でもね、あたしがキレたのって、言葉遣いのことだけじゃないんだよ？」

「そうなのか」

「うん。だって、あたしが考えたことに反対ばっかりするんだもん」

「そりゃあ、あのときは多久見君が借金をするかしないかという話が中心だったんだから、慎重にもなるさ」

「でも、家を買うのに借金するって、別に普通のことじゃん。そりゃあ、夏希ちゃんの場合はかなり変わった例だったとは思うけどさ」

「そうだな」

一度言葉を切って、孝彦は少し考えをまとめようと思案を巡らせた。

光莉は黙って孝彦の言葉を待っている。

「私は、家というのは幸せの入れ物だと思っているんだ。もちろん、すべての人が家を買った後に円満な生活を送れるわけじゃないことくらいわかっている。それでも、家を買うからには、幸せな人生をその家で過ごしてほしい、と思っている」

「それはまあ、わかるけど」

「だから、私は売れさえすればなんでもいい、とは思っていないんだ。無茶なローンを組もうとしているお客様には苦言を呈するし、夢ばかり膨らんでいるお客様に現実を伝えて嫌がられたこともある。だが、買った後に買う前に見ていた夢がすぐに破綻してしまうような売り方は、絶対にしてはならないと思っているんだ」

「つまり、夏希ちゃんがこの古民家を買ったら、きっと後悔すると思ってたってこと？」

「ああ」

そう答えて、直後、孝彦は小さく自嘲した。

「だが、私は間違っていた」

「まあねー。夏希ちゃん、毎日楽しそうに動画撮ってるし。まあ、大変なことも多いだろうけど」

「そうだな。それもあるが、仮に動画が上手くいかなかったとしても、多久見君も君も後悔なんかしなかっただろうな、と思えてな」

「うん、それはそう。だって、一生懸命やってみて、それでダメだったならしょうがないじゃん。悔しいとは思うだろうけど、やらないよりは全然マシじゃね？」

「そう思えるほどに何かに夢中で打ち込める、というのも、幸せの一つの形ではあるんだろうな、と気づいたわけさ」

「おっさん、気づくの遅すぎー」

そう言われて、孝彦は天を仰いだ。

もともと地方都市である。そんな田舎の、さらに人里離れた山の中にあって、春の星座が鮮明に輝いている。

「星が綺麗だな」

ぽつりと呟いた孝彦の言葉に釣られて、光莉も夜空を見上げて、「うわあ」と感嘆の声を上げた。

木々の枝が視界を遮っているため、満天の星空とは言えない。

しかし、木の枝の間から見える狭い星空でも春の大三角を探すくらいのことはできたし、しばし目を奪われるには充分な光景だった。

二人して、無言で夜空を眺めること数十秒。

「昔は、私も、コストを渋らずに勝負に出るべきだ、と会社に掛け合う側の人間だったのだがな」

今でも、社長や役員の二人組あたりから見れば孝彦も若造なのかもしれない。しかし、あの頃のように若気の至りを戒められることもいつしかなくなっていた。

「今でも気持ちだけは若いつもりだったが、気がついてみれば若者たちのやる気にブレーキばかりかけていた」

「もしかして、おっさん、それでしけた顔してたわけ？」

「しけた顔をしていたつもりはないが、まあ、そんなことも含めて、いろいろ考えていたことは確かだ。こんなふうに何万人も相手にして商売をやる方法もあるんだな、とか」

「それはあたしらっていうより、夏希ちゃんでしょ？」

「それはそうだが、その多久見君の活動に着目した時点で同じことだと私は思っているよ。私はずっと『人対人』、つまり『一人の人間相手に真摯に向き合う』ことを大事にして仕事をやってきたつもりだが、もうそういう時代ではないのかもしれんなあ」

しみじみと吐き出した言葉に応えるように、パチパチと火が爆ぜた。まるで、孝彦のぼやきに相づちを打ってくれるかのように。

しかし、実際に相づちを打てる立場にいる光莉は「はあ？」と、ずいぶん攻撃的な否定のニュアンスを口から吐き出した。

「おっさん、何言ってんの？　おっさんのそのやり方が間違ってるわけないじゃん」

椅子から立ち上がり、腕組みをして、半ば呆れたように、そして半ば怒っているような顔で、光莉は孝彦を見下ろした。

「おっさんが声をかけたからみんな協力してくれたんじゃん。支店長さんも、谷村さんも、お爺ちゃんたちも、おっさんだから手を貸してくれたんじゃん。あたしが頼んだって支店長さんが会ってくれるわけなくね？　で、支店長さんのお願いがあったから谷村さんも協力してくれたんでしょ。お爺ちゃんたちもそう。みんな、これまでおっさんがやってきたことがあるから、おっさんを信じてくれたんじゃないの？」

「それは……まあ」

「あのさ、前におっさん、パソコン練習のとき、自動車と原付に例えて教えてくれたじゃん。あれと一緒でさ、たまたま今回は飛行機を使っただけだと思うよ？　でもさ、その飛行機に乗ったのって、あたしが連れてきた夏希ちゃんと、おっさんが連れてきた支店長さんたちで、結局は人対人の寄せ集めっていうか、積み重ねでしょ？　クラファンで協力してくれたみんなだって、一人一人がちょっとずつ出し合ってくれたんだもん。どんなやり方だって、結局は人と人の話じゃん」

ハッとして、光莉を見上げる。

光莉はニッと笑って言葉を続けた。

「確かに夏希ちゃんの動画の伸び方を見てるとあたしも怖くなるけどさ。でも、画面の向こうに一人見てる人がいる、ってのが何千とか何万集まってるだけで、一対一の人がいっぱいいいるだけなんだと思うよ？」

目から鱗が落ちた気がした。

――こんな若い子に、それこそ娘くらいの新人に教えられてばっかりだな、私は……。

やれやれ、と思わず言葉が漏れていた。

「まったく、若井君には教えられてばかりだ」

「へ？　いやいや、何言い出すかなこのおっさんは」

慌てたように、照れたように、光莉は狼狽《うろた》えながら頭を掻いた。

「あたしが言ったことなんて、全部おっさんから教わったことだし。教育係が自分で言ったこと忘れてちゃダメじゃん」

「いや、基本こそ案外おろそかになるものだ。いい教訓になったよ」

「まあ、なんかおっさんも元気になったみたいでよかっふあぁー」

光莉の言葉の最後があくびに取って代わられた。

「とにかくさー、あたしも夏希ちゃんも、おっさんがちゃんとしてくれてるから前だけ見て頑張れてるんじゃん。それだけは忘れちゃダメっしょ」

「そんなことを言われるとむず痒いんだが」

「えへへ、マジだって。じゃ、眠くなってきたからあたしも寝るわー。おやすー」

くるりと背を向けて、光莉が古民家の玄関に向かって歩き出した。

「お休み」

その背中に声をかけて、孝彦も感染《うつ》ったあくびを嚙み殺した。

第六章　沸点

突発バーベキュー大会の配信も評判は上々で、夏希のチャンネルはついに登録者数一〇万人を突破した。これまでのリフォーム動画も伸びは止まっておらず、反響も大きくなり、もはや当人たちの思惑や想定を飛び越えた領域に入っていた。

そして、休みが明けて早々、再販売促進室には『二人とも専務室まで来るように』との命令が届いた。

朝からこれか、と孝彦は深いため息を吐いた。

「あー、若井君。外に出る前に行かないとならないところができた」

スマホをポケットに仕舞いながら、「今日は古民家リフォームのお手伝いやって、午後からお客様を一家心中があった家にご案内だー！」と息巻いていた光莉にそう伝える。

「へ？　どこ？　買い出しかなんか？」

「いや、専務室だ。偉い人からの呼び出しだよ」

「なんで？　あ、もしかして褒められるとか？　物件も売ったからリストラもなしだし、動画もいい調子で伸びてるし！」

「だったらいいんだけどな。たぶん逆だ」

「えー。なんでー？　なんで怒られんのー？」

「私にもさっぱりわからんよ」

そんな話をしながら、問題物件や事故物件のファイルが押し込まれた倉庫を出て、廊下を進み、エレベーターで上の階へ。エレベーターの中では、光莉は珍しく一言も言葉を発さずに、スマホをいじったり、上着のポケットに手を突っ込んだりとソワソワしていた。

専務室の前まで来て足を止め、孝彦は「ここだ」と手で示した。

そしてノックをして、

「再販売促進室の押江と若井です」

と声をかけた。

「入れ」

恐ろしく不機嫌な、野太い声が室内から発せられた。

その言葉に素直に従って、「失礼します」と孝彦はドアを開け、室内に足を踏み入れた。その後に光莉も続く。

「あっ」

光莉が専務の岩田宗憲を見て、驚いたような声を上げた。

その顔が赤く上気しているのは、驚きと羞恥、そして、それらを上回るほどの怒り。

――まさか。

ハッとして、孝彦が眉をひそませた。

『あたしはね！　そこで言われたの！　就職させてやるからやらせろって！』

以前に光莉から聞いた、あまりに衝撃的だった言葉が脳裏に蘇る。決して許してはいけない言葉だ。

新入社員の光莉と専務の岩田宗憲に接点があるはずはない。それがこういう反応をするということは、つまり――。

光莉の肩が小刻みに震えている。今にも、宗憲に駆けよって頬の一つも引っ叩きそうな顔になっていた。

「若井君」

孝彦は小さく光莉の名を呼んで、目配せをしつつ首を横に振って見せた。

今は何も言うな、手を出すなど論外だ、任せろ。

そういう意図が伝わったのか、光莉は小さくうなずいて口をつぐんだ。それでも恐ろしい形相で宗憲を睨みつけているあたり、光莉の怒りはまるで収まっていなかった。

「どういったご用件でしょうか？」

宗憲のデスクの前で、直立不動の姿勢で、孝彦は訊いた。

このゲスめ、という怒りは孝彦の胸にも沸き上がってきている。

だが、こんなときこそ冷静さを欠いてはならない。

孝彦は心の中で自分に言い聞かせて、努めて平静を保とうと心がけた。

「通達は出したはずだ。勝手に会社の名前を使って動画だか配信だかをするのはやめろ、とな」

ぎょろり、とした宗憲の視線を受け止めて、孝彦はまっすぐに宗憲を見据えた。

「それでしたら、メールの返信にてこちらの意思はお伝えしたはずですが」

「勝手なことをするなと言っているんだ！」

ドン！　とデスクを叩いて、宗憲は声を荒らげた。

「お言葉を返すようですが、動画や配信を利用して業務を行ってはいけない、という規則はないはず。それに、再販売促進室は社長より好きなようにやれ、と指示をいただいています」

「その社長が今はいないだろうが！」

「それは会社の都合であって、それを理由にお客様に迷惑をかけたり、契約や約束を反故《ほご》にすることなどできません。会社の信用に大きく傷をつけることになると思います。それに、社長が業務から離れているからといって、組織図や指揮系統が変更されたとは聞いておりません」

「あくまで逆らうつもりか」

「逆らうも何も、我々は会社に貢献するために家を売る努力をしているだけです。再販売促進室の上に他の部署はありませんし、専務であっても仕事のやり方について命令される理由がありませんので」

顔を真っ赤にした宗憲と、その言葉を受け流す孝彦。その横で光莉は、露骨にハエかゴキブリでも見るような目を宗憲に向けていた。

「たかだか三〇〇万程度の物件を売ったくらいでいい気になるなよ。創業メンバーだからと高をくくっているようだが、木っ端部署なんぞいつでも潰せるんだぞ！」

「お客様からのお問い合わせは増えていますので、あと何件か契約まで漕ぎ着けられそうな手応えはあります。そもそも、特に問題の多い物件を扱う再販売促進室では、時間をかけて丁寧に説明して、通常よりしっかりとお客様にご検討いただくことを心がけております。スピーディに契約を増やすことをよしとはしておりません」

「屁理屈だな。結果は結果だ」

「結果と言うなら、一件売ったのは立派な結果でしょう。貴方が出せと仰った結果です。一〇年以上誰も売ることができなかった不良物件を、再販売促進室は発足わずか一月足らずで売ったわけですから」

「三〇〇万程度の売り上げで評価すると言った覚えはない」

「なるほど。ということは、一ヶ月で三〇〇万以上の結果を出せていない部署や社員は全員リストラですか。そんな大改革を、役員会は承認したんですか？　少なくとも、社長が戻られたときにどう思われることか」

ふん、と宗憲は鼻で笑った。

「ぶっ倒れて搬送されて、緊急手術を受けるレベルの容態で、そう簡単に帰って来られるものか」

「もう本音を隠しもしない、と。では、こちらの業務に難癖をつけるなんてまどろっこしいこともやめて、素直に再販売促進室を潰して我々を――いや、若井君を追放したいと仰ってはいかがですか？」

「なんだと？」

「ずっと創業メンバーの私を目の敵にしているのかと思っていましたが、専務が本当に追い出したかったのは若井君の方だったとは、ようやく合点がいきました。まあ、採用と引き換えに性的な関係を迫って肘鉄を食らわされた女子が社内をウロチョロしているとなれば、心穏やかでいられないでしょうねえ」

「な……ッ」

宗憲の厳つい顔面が真っ赤に染まった。

「まして、会社の実権を握れるかどうかというこの局面では、そんな醜聞は絶対に広まってほしくないというもの」

さらに宗憲の顔に赤みが増す。その憎々しげな反応は、もはや真偽を問い詰めるまでもなく、白状したも同然だった。

「話したのか、恥知らず女めッ！」

「はあ？　恥知らずはどっちだし！」

まったくだ、と孝彦も宗憲に白い目を向ける。

その視線に、宗憲はぐぬぬ、と怒りとも悔しさともわからぬ唸り声を漏らした。

「ふん、だがな、業務命令を無視した事実は覆らんぞ！　これは立派な背任行為だ！」

「もはやご自身の行いを否定もしない、と」

「やかましい！　今は業務の話をしているんだ！」

「再販売促進室は発足してからわずかな時間で物件を販売して利益を出し、動画では会社の知名度と好感度を上げて貢献していると思いますが。会社にとって明確に利益となっていることを背任だと言い張って、私と若井君をクビにするのが専務の業務ですか。背任はどっちなんです？」

「黙れ！　命令に従わない従業員など、俺の会社には必要ない！　せっかく情けをかけてやろうとしたのに、厚意を無下にするような女もまとめてクビだ！」

「はあ？　厚意？　採用してやるからやらせろ、ってのが厚意だって！」

「そうだろうが！　貴様なんぞ、満場一致で不採用になるはずだったんだ！　それを社長が独断専行で採用を決めて……ああ、そうか、わかったぞ。貴様、さては社長に色目を使ったんだな？」

「な……そんなこと、あるわけねーし！」

「どうだかな。今回の販売契約だって怪しいものだ。どうして無職同然の小娘に銀行が金を貸すんだ？　何かいかがわしい接待でもしたんじゃないのか？」

下卑た笑みを光莉に向けて、宗憲は言い放った。

——!

その瞬間、孝彦は血が沸騰するのではないかと思った。

何があっても冷静でいるつもりだった。万が一、光莉が熱くなった場合には自分が冷静に対処しなければ、庇《かば》わなければ、そう思っていた。

しかし、一瞬で孝彦の怒りは沸点を超えてしまっていた。

「な……あ、あたしはそんなことしねーし!」

食ってかかろうとする光莉を手で制して、孝彦は宗憲のデスクへと歩み寄った。

そして、バン! とそのデスクを力一杯両手で叩いた。

ビクッと宗憲が身体を強ばらせる。

「あんたは、問題ばかりの物件をどう売るか、必死に知恵を巡らせた従業員の努力をそんな言葉で侮辱するのか。会社のために働いている人間に向かって言っていい言葉かどうか、そんなこともわからないのか」

至近距離まで顔を寄せて、宗憲の目を覗き込むようにして、孝彦は言った。押し殺したようなトーンになってしまったのは、そうやって感情を抑えなければ、怒りにまかせて手が出てしまいそうだったからだ。

一語一語の発音を確かめるように、そうすることで煮えたぎる心を少しでも冷まそうとしながら、孝彦は言葉を続けた。

「それに、わかっているのか？　その言葉は、若井君だけじゃない。業務の責任者である私もだが、それ以上に、メインバンクの支店長を証拠もなしに犯罪者呼ばわりしたことになるんだぞ」

丁寧ながらも明確に怒りがこもった孝彦の声に気圧されて、宗憲は一度「ぐっ」と息を呑んだ。しかし、すぐに孝彦を睨み返してきた。

「だったらどうした。もう貴様らの解雇は覆らんぞ」

「うわ、マジでムカつく、このセクハラ野郎。でもさー、今の会話が表に出たら、ヤバいことになるのってうちらより専務さんの方じゃね？」

言いながら、光莉がポケットからボイスレコーダーを取り出した。かつて孝彦が渡したものだった。

「貴様ッ！」

宗憲は勢いよく席を立ち、デスクを避けて前に回り、光莉に突進した。

「うわっ、こっちくんな！　おっさん、パス！」

光莉は慌てて孝彦に向かってボイスレコーダーを投げた。孝彦もそれをキャッチしようと動いたが、放物線を描くボイスレコーダーは宗憲の大きな手に叩き落とされてしまった。

「ふん！　こんなもの！」

床に叩きつけられたボイスレコーダーを、宗憲は執拗に何度も踏みつけた。外枠が歪み、割れ、内部の基盤が露わになる。それでも宗憲はしばらく踏みつけるのをやめなかった。

あまりの暴力性に唖然とする孝彦をチラリと見て、宗憲は下卑た笑みを浮かべた。

「証拠がなくなって残念だったな！」

そう言って、宗憲が得意げに勝ち誇ったその瞬間――、

「若井君、これを。フリックなら君の方が早い」

孝彦がポケットから取り出したスマホを光莉に向けて放った。

ボイスレコーダーを踏みつけるのに必死だった宗憲は、弧を描くスマホに反応することはできなかった。

光莉は孝彦のスマホをキャッチして、画面を見るなりパッと口元を綻ばせた。

「やるじゃん、おっさん。よくスマホにも録音機能があるって知ってたね」

「勉強しておく、と言っただろう」

「なるー。んじゃ、保存して連絡帳を開いて――」

満面の笑みで、光莉は孝彦のスマホを操作している。

光莉の方へ向かおうとした宗憲だったが、それを阻止するように孝彦が立ち塞がった。

「退《ど》け！」

「断る！」

鬼の形相の宗憲に対して、孝彦は一歩も退かなかった。

――大事な部下を、一緒に働く若手を身体を張って守れなくてどうする！

腰を落として重心を下げ、通せんぼをするように両手を広げて、孝彦は突進してくる宗憲に対して身構えた。

宗憲は速度を落とすことなく、肩から孝彦の胸にぶつかった。

衝撃と痛みに耐えつつ、孝彦は足に力を入れて踏み止まる。次の瞬間から、暴れさせまいと腕を摑もうとする孝彦と、孝彦をどうにかするために腕の自由を維持したい宗憲との揉み合いが始まった。

「退けと言ってるだろうが！」

宗憲が孝彦の鼻っ柱に頭突きをかました。

「ぐおっ」

鼻を押さえて、孝彦が一歩よろめく。そこへ、一気にたたみかけようと宗憲が拳を振り上げた。

その瞬間——、
連続したシャッター音が室内に響き渡った。

揉み合っていた孝彦と宗憲が揃って音の方を見やれば、光莉が孝彦のスマホを二人に向けて激写していた。

「暴力はんたーい！　専務がおっさんを殴ろうとする決定的瞬間、ゲットぉ！」

「この……！」

宗憲がなおも光莉に手を伸ばそうとする。

「もう遅いっつーの。さっきの音声、とっくに社長さんとか役員のお爺ちゃんたちに送っちゃったから！」

べー、と光莉は舌を出して見せた。

「なっ……」

「おっさん、あとは誰に送る？　夏希ちゃんに送って動画にしてもらう？　全世界に専務の悪事を知ってもらおっか」

「な、待て、やめ……！」

「さすがにそれは会社の評判に関わるからダメだ」

「ちぇ」

残念そうな顔をする光莉と、観念したのかヘナヘナと座り込む宗憲を交互に見て、
孝彦はまだ頭突きされて痛む鼻をさすった。

「あんたの天下もこれまでだ。恥を知れ」

吐き捨てるように、孝彦は言った。

「自業自得だし。反省しろバーカ」

光莉の暴言にも、膝をついて茫然自失になっている宗憲からの反応はない。

宗憲に氷のような視線を向けていた光莉は一つ息を吐いて、

「はい、これ」

と孝彦にスマホを差し出した。

自身のスマホを受け取ってポケットに仕舞い、孝彦は、

「話は終わりのようだ。行こうか」

と言って、光莉に退室を促した。

「おけー。じゃあ、あたしたちは仕事があるんで、これで失礼しまーす」

二人が退室した後も、宗憲は立ち上がることすらできずに宙を見つめていた。

専務室を出てエレベーターに乗り込み、エントランスへ向かうために一階のボタンを押す孝彦に、光莉は、

「ごめん、おっさんのボイレコ、壊されちゃったね」

と申し訳なさそうに言った。

「いいさ。ずいぶん年季も入っていたし、最後の役目として、囮《おとり》という重要な仕事をしてくれたと思うことにするよ」

エレベーターのドアが閉じて、小さな浮遊感とともにランプの表示が一階へと向かう。

「しかし、わざわざ録音していることを教えてやる必要はなかったんじゃないのか?」

「そうかもだけど、言ったらテンパって言っちゃダメなことをもっと口走ってくれるかなー、とか思って」

「なるほど。だが、実際にボイスレコーダーは壊されてしまったわけだし」

「まさかあそこまでやるとは思ってなかったから、持ち主のおっさんには悪いと思ってるけど」

言いながら、光莉はポケットから自分のスマホを引っ張り出した。その画面は、録音用のアプリが作動中であることを表示している。

「なんだ、ダブルで録音していたのか」

「おっさんが言ってたじゃん、こういうときは慎重すぎるくらいでちょうどいい、って」

「……そんなこと、私が言ったか?」

孝彦は首を傾げた。

「言ったよ。ほら、ケーキバイキングのとき」

ああ、そういえば、と孝彦は手を打った。ホテルの前で冗談でもひっつくな、と怒ったときのことだ。

「まあ、おっさんも用意してたなら慎重すぎだったかもねー。でも、万が一おっさんのスマホまで奪われても大丈夫だった、って思えばさ」

「そうだな。用心などしすぎて損することもない」

エレベーターが一階に到着し、ドアが開く。

エントランスを抜けると、外には雲一つない青空が二人を待ち構えるように広がっていた。

「こりゃリフォームの作業をするにも、撮影をするにも良い日だな」

「だねー」

そんな言葉を交わしながら、二人はほとんど第二の職場と化している古民家へと向かうべく、古民家のリフォームが本格化して以来、資材や道具の運搬でおなじみとなったオンボロ軽トラに乗り込んだ。

エピローグ

その後、一週間も経たないうちに、専務だった岩田宗憲の懲戒解雇が通達された。それに伴い、旧専務派で宗憲の悪事に荷担していたとされる人々も降格や減俸などの沙汰《さた》が言い渡され、イツイハウジングの社内では勢力図が一転し、めまぐるしく人事異動が行われることとなった。

*

光莉は、夏希に「遊びに行こう」と声をかけた。

思えば、契約後は夏希も古民家にかかりきりで、帰宅後に動画の編集作業などをやっているのだから、ほとんど休みの日などなかったはずである。

「なんかさ、おっさんが社長に言われたんだって。『古民家での配信を手伝っていたの、あれは業務だから、代休をちゃんと取れ』って」

孝彦は専務との対決後、社長のお見舞いに行ってきたらしい。そこでそんなことを言われたのだ、と光莉は聞いていた。

他にも、責任者としての謝罪の言づてを預かってきた、とも、退院したら社長が直接謝罪しに来るはずだ、なんて話も聞いている。が、光莉としては、動画のお手伝いを業務として続けてよい、という社長のお墨付きがもらえたと聞いた時点で、他のことはすでにどうでもよくなりつつあった。

「夏希ちゃんもずっと仕事ばっかりだったでしょ？　ちょっとオフ作ってリフレッシュしない？」

それで、そう連絡をしたのだ。

「そうだね。私一人の企画じゃないし、人気が出るか不安で必死だったけど、そろそろ一息入れても大丈夫かな……」

そんなやりとりがあって、その日は二人で遊び回ることにしたのだ。

やってきたのはショッピングモールである。

土地だけはあるせいか、地方都市の郊外型ショッピングモールは規模もかなり大きい。その気になれば、丸一日くらいは軽く遊び倒せてしまう。

まず、買い物。

服を見て、アクセサリを見て回る。もともと読モ歴もあってファッションが好きな二人だったが、学生時代から服や装飾品の見方もだいぶ変わっていた。

光莉は「仕事に着ていけるか、着けていけるか」という普段使いに重きを置くようになったし、夏希も「配信や動画でどう見えるか」を強く意識していた。

「このアクセ可愛いけど、さすがに仕事に着けていくのはないかなー。スーツには絶対合わない気がする」

「私も、動画映りを考えると、ちょっと派手すぎるかなあ。これからの作業を考えると、きっと邪魔だし……」

そんな会話を交わしては、お互い「仕事忘れるつもりだったのに、結局仕事のことを考えちゃってるね」と苦笑し合った。

次にフードコートでスイーツを楽しみ、カラオケを満喫して、最後に夕食を食べよう、とファミレスに入った。

「社会人になってもさー、結局ファミレスのドリンクバーに落ち着くんだよねー」

ドリンクバーから持ってきたオレンジジュースを飲みつつの光莉の言葉に、夏希が笑ってうなずいた。

「ホームグラウンドって感じだよね」

「読モの頃は撮影の後とか、ずーっとお決まりのコースだったもんね」

「夏希ちゃんの場合、今は撮影の意味が変わっちゃったってゆーか」

「それはそう。でも、思ってたよりすぐに伸びてくれて助かったよ。誰にも見てもらえなかったらどうしよう、ってすごく怖かったから」

「だよねー。借金させちゃったし、話を大きくしちゃったし、あたしもちょっとヤバいかなー、って思ってドキドキしてた」

「光莉ちゃんには感謝してるけどね、こんなチャンスをくれたんだもん」

「おっさんが言ってたんだよね。営業は、相手にもちゃんと利益を出してもらえるやり方じゃないとダメだ、って。だからさ、動画が伸びてくれて、やっとお仕事がちゃんとやれたのかも、って思えたの。チャンスを用意するだけだと足りないのかなー、みたいな」

「うん。動画にもメッチャ協力してくれてるし、ホント助かってる。私、きっと一人だったらさみしすぎて頑張れてないよ」

「なんかうちの会社の社長さんも、夏希ちゃんの動画をメッチャ推してくれてるから、元気になったら現場に来たいとか言い出すかもよ。ね、おっさ——」

つい、いつも横にいる相棒が今もいるようなつもりで、光莉は真横に顔を向けかけて、言葉を止めた。

今日は横に教育担当の上司がいない。

そのことを、誰もいない席を見てハッと思い出した。

「あらー」

くすくすと、夏希がいたずらっぽく笑う。

「光莉ちゃん、すっかり押江さんにメロメロじゃない」

「は？　いや、そんなんじゃねーし！」

光莉は慌てて否定した。否定しつつ、顔が赤くなるのを感じていた。

「うんうん、わかるよ？　押江さん、頼りになるもんね。いろんなこと知ってて、いざとなったら絶対助けてくれそうな感じ。なんていうか、理想のお父さん、みたいな。光莉ちゃんが一番飢えてそうなタイプだよね」

「だから違うって！　今のは、なんかこう、慣れがさー。ほら、ずっと一緒に行動してたし？　学校で間違って先生をお母さんって呼んじゃうアレみたいなもんで！」

「いやー、呼ばないでしょ、先生をお母さんとは」

「え、誰でも一回くらいあるもんじゃない!?」

「ないよー。もしかして、光莉ちゃん、あるの？」

「え、うん……何回か……」

「一回じゃなかった！」

そこから、話題は学生時代のことへとシフトしていった。

――話題は上手く逸らせたけど……。

自分が教育担当の上司に対して、どんな気持ちを抱いているのか、それがわからなくなっていた。

＊

たった二人の部署だったのでわかりづらい変化ではあったが、光莉の社内での立場は大きく変わっていた。

これまでは困った問題児として、腫れ物を触るような扱いだった。積極的に話しかけてくる社員はいなかったし、同期ですら目を合わせようとしない有様だった。

しかし、夏希の動画がバズってからは、英雄かアイドルかという目で見られるようになった。会社のエントランスでサインを求められたこともある。

その日も、通勤中に何人かの同僚に話しかけられた。

「専務、辞めさせられたじゃん？　その空いた専務の席に誰が座るんだろうね、って話があってさ」

「営業部長もなんかいろいろ責任とって降格って話だし、いよいよ押江さんがどっちかに昇進するんじゃないかって噂なんだよね」

「創業メンバー最後の一人だし、実績的にも文句なしだし、遅すぎたって感じだもんね」

聞かされる話は、そんな内容だった。

——おっさんが昇進……？

どこかで誇らしい気持ちがある。

そうだ、おっさんはすごい人なんだ、評価されるのが当たり前なんだ、と。

同時に、どこかで不安な気持ちがある。

でも、おっさんが出世したら、再販売促進室はどうなっちゃうの？　と。

二つの気持ちでぐちゃぐちゃになった心のまま、オフィス——社長が用意してくれた、今日から使える新しい再販売促進室の居場所——へと歩みを進め、ドアを開けた。

もしかしたら、今日から一人だけになっちゃうかもしれない、と思いながら。

「おはよう」

新オフィスの中から、聞き慣れた声が飛んできた。

「え」

新オフィスの中には、何もない棚にファイルを並べる手を止めた孝彦の姿があった。

「え、あれ、おっさん、専務だか営業部長だかになるんじゃねーの……？」

「どこで聞いたんだ。確かに社長からそういう話もされたが、元々私は現場で働いていたい人間でな。今回も断ったよ」

「マジで？　もったいなくね？」

「せっかく再販売促進室の仕事が面白くなってきたところなのにか？　ここで離れる方がもったいないだろう。まだ若井君には教えていないこともたくさんあるし、あの古民家やキャンプ場計画が形になっていくのを見届ける必要だってあるしな」

「あ、そう。ふーん」

素っ気なく答えながら、光莉はカバンを何もない机の上に置いた。

まだまっさらな新オフィスは、山奥の民家を思い出させた。初めて見た荒れ放題だった民家ではなく、夏希も含めた三人で大掃除を終えたあとのあの民家を。

あの民家がどんどんリフォームされていくように、ここは再販売促進室が働くほどにどんどんオフィスらしくなっていくのだろう。

「じゃあ、おっさん。次はどの物件を売りに行く？」

ごく普通の調子を装ったはずのその言葉からは、隠しきれないウキウキ感が滲み出てしまっていた。

「それはお客様次第だ。とはいえ、今回は飛行機で一気にぶっ飛ぶような案件だったし、次は少しのんびり行きたいものだな」

バーベキューの夜に星空を見ながら話したことを思い出しながら、光莉は「ほんとそれ」とうなずいた。

「どうせなら、原付であちこち寄り道しながら、みたいな？」

「そういう売り方の方が基本なんだよ。若井君にとっても、よりベーシックな経験は必要だと思うぞ」

「それはそうかも、でも、さすがにもうあのオンボロの資材運搬車は勘弁かなー」

「そう言うな。あれはあれでこの会社の創生期を支えてくれた立て役者でもあるんだ」

「だって、乗り心地がさー。それに狭いし」

二人は顔を見合わせて笑った。

実のところ、光莉は口で言うほど資材運搬用の軽トラが嫌いではなかった。古民家への資材搬入で何度も乗っていれば愛着だって湧いてくるし、何より、

——あんなオンボロだろうと、おっさんと一緒に乗ってるなら、きっとどこまでだっ

て行けるもんね！

自信とも誇りともつかない、そんな感情がこみ上げてくる。

――いや、待て待て。おっさんと一緒なら、って。

「どうした、若井君。さっきから一人でニヤニヤして」

「なっ、なんでもねーし！」

照れを隠すように、光莉は大きくゴホン、と咳払いをした。

「そんなことより、仕事仕事！　おっさん、仕事しよ！」

明るく、笑顔で光莉はそう言った。

その笑顔には、入社直後の仏頂面が信じられないほどに屈託がなかった。

［プロフィール］
おかざき登（おかざき のぼる）
新潟県生まれ。山羊座、AB 型。作家。
『二人で始める世界征服』で第 4 回 MF 文庫 J ライトノベル新人賞審査員特別賞を受賞し、作家デビュー。主な著書に『都市伝説系彼女。』（ダッシュエックス文庫）、『この部室は帰宅しない部が占拠しました。』、『さて、異世界を攻略しようか。』(ともに MF 文庫 J) 、『小説版リトルアーモリー』(J ノベルライト)『占い居酒屋べんてん』(実業之日本社文庫) などがある。

ギャルとおっさん

2024 年 7 月 31 日　第 1 刷発行

著者　おかざき登
発行者　矢島和郎
発行所　株式会社 飛鳥新社
〒 101-0003 東京都千代田区一ツ橋 2-4-3 光文恒産ビル
電話　03-3263-7770（営業）
03-3263-7773（編集）
https://www.asukashinsha.co.jp

デザイン　野条友史（buku）
原作イラスト　chamie
校正　円水社
編集協力　山田和正
印刷・製本　中央精版印刷株式会社

ISBN 978-4-86801-022-7

編集担当　内田威

with stories 支援プロジェクト

物語が一歩踏み出す原動力になれたら。本レーベルの想いを込めて、本書の売上の一部を「能登半島地震復興支援」へ寄付いたします。物語と共に、前に踏み出す人たちを応援します。